JN088437

アンラヴェル ミー
少女の心をほどく者

上

タヘラ・マフィ
金原瑞人　大谷真弓　訳

潮文庫

わたしの知っている
いちばんすばらしい人 ——— 母へ

For my mother.
The best person I've ever known.

UNRAVEL ME by Tahereh Mafi
Copyright ©2013 by Tahereh Mafi

Japanese translafion riahts arranged with Writers House LLC
through Japan UNI Agency.Inc.,ToKyo

読者のみなさまへ

この物語の主人公、
ジュリエットの心の不安や混乱、葛藤を
表現する方法として本文に線をのせています。
物語が進むにつれてジュリエットの精神的な成長が
1巻より2巻の方がさらにその線を消していきます――――。

タヘラ・マフィ

装幀♣森坂芳友（デザインスタジオ　サウスベンド）

目次

これまでのあらすじ

環境破壊と異常気象で荒廃した近未来の地球。「地球再生」を謳《うた》う再建党により世界は支配され、人々は自由も思想もない搾取《さくしゅ》されるだけの生活を過ごしていた。

17歳の少女ジュリエットは、触れた者に苦痛を与えて死に追いやってしまう能力により、施設に捕らわれていた。生まれてから誰にも愛されたことのない孤独な日々。ある日、アダムという少年がルームメイトとして施設にやってくる。徐々に心を通わせる2人だったが、ジュリエットが突如、軍の基地へと連れていかれる。

基地の司令官ウォーナーは、彼女を求め、そして彼女の能力を「武器」として利用しようと、ジュリエットに協力を迫る。豪勢な服や食事で勧誘され、時には無理やり能力を使わされるなど、ジュリエットは精神的に追い込まれていく。追い打ちをかけるようにアダムが兵士であったことがわかる。

しかし、子どものころからジュリエットに好意を抱いていたアダムは、自身の過去と想いをジュリエットに告白。しかも、アダムはジュリエットに触れることができたのである。

互いの想いを確かめ合った2人は基地からの脱出を決意する。ところが、その際にウォーナーと揉み合いになったジュリエットは、ウォーナーも自分に触れることができるのではないかと疑念を持つ。

辛くも基地を脱出した2人は、基地でアダムの友人だった兵士ケンジと、アダムの弟のジェイムズと合流し、ケンジの案内で「ある場所」を目指す。

その途中、一行は軍の追撃を受け、アダムが敵の手に落ちてしまう。ジュリエットはジェイムズをケンジに預け、単身で救出に向かう。そんな彼女の前に、ウォーナーが現れる。ジュリエットへの想いを告白し、アダムの死を告げ、基地に戻るように迫るウォーナー。そして、ジュリエットが恐れていた事実――、彼もまたジュリエットに触れられることに気づいていたのだ。突然のウォーナーからの情熱的なキスと誘惑を振り切り、彼を銃で倒したジュリエットはアダムが捕らえられている建物にたどり着く。

ジュリエットは建物の入口を破壊したとき、自身の能力の一部を解放したことに気づく。そして、ついにアダムを発見するも、アダムは瀕死の重傷を負っていた。

再びケンジの案内で先を急ぐ一行がたどり着いたのは、再建党に抵抗する勢力の秘密基地「オメガポイント」だった。そこにはジュリエットと同じように不思議な能力を持つ人々も多くいた。実はケンジもここのメンバーで軍隊に潜入していたことを聞かされる。

強力な念動力の能力を持つリーダーのキャッスルのもと、アダムは治癒者《ヒーラー》による治療を受け、ジュリエットは自身の能力をコントロールするための特殊な服を受け取り、訓練を受けることを承諾する。

1 訓練

今日の世界は、目玉焼きかもしれない。

大きな黄色い丸が雲にあふれ出て、とろとろ垂れて真っ青な空をよごしていく。黄色い丸は、甘い思い出にまつわる冷たい希望と嘘の約束で輝いている——本当の家族、心のこもった朝食、お皿の上でメープルシロップのかかった数枚重ねのパンケーキ。そんなものがあった世界は、もう存在しない。

おそらく、存在しない。

おそらく、今日は暗くじめじめしていて、音を立てて吹きすさぶ激しい風で、大の男も耐えきれない寒さかも。おそらく、雪が降っているのかも。雨が降っているのかも。わたしにはわからない。凍えそうに寒いのか、雹《ひょう》が降っているのか、ハリケーンがいつのまにか巨大な竜巻に変わり、地震で大地が割れ、わたしたちの過ちを飲みこんでくれるのか。

わかりっこない。

わたしにはもう窓がない。外が見えない。わたしの血は氷点下百万度。わたしがいるのは地下１５メートルのトレーニングルーム。わたしのふたつめの家になった場所だ。毎日この４枚の壁を見つめ、わたしはもう囚人じゃない、わたしはもう囚人じゃない、わたしはもう囚人じゃないと自分に思い出させる。それでもときどき、昔の恐怖がすうっと肌を走り、喉をがっしりつかむ閉所恐怖症から逃れられない気分になる。

ここに着いてから、たくさんの約束をした。

いまは、よくわからない。いまは不安。いまは、わたしの頭は裏切り者。わたしの思考は毎朝こっそりベッドを這い出し、目をきょろきょろさせ、手にはじっとり汗をにじませ、神経質にくすくす笑う。くすくす笑いは胸にいすわり、大きくなって、胸を破裂させようとする。その圧迫感はどんどん、どんどん、どんどん大きくなっていく。

ここでの生活は、わたしが思っていたようなものじゃなかった。

わたしの新しい世界は、ガンメタルに刻まれ、銀で封じこめられ、石と鋼《はがね》のにおいに包まれている。空気は氷のようで、敷き物はオレンジ色、コントロールパネルはビービー鳴ってまたたき、電子や電気やネオンが輝いている。ここはせわしない。たくさんの人でせわしない。廊下はささやき声や叫び声、騒々しい足音や考え深げな足音に満ちて、せわしない。耳をそばだてれば、脳が働く音や、額にしわが寄る音や、指があごや唇をとんとんたたく音や、眉を寄せる音が聞こえる。アイデアはポケットに入れて運ばれ、思考はあらゆる舌の先にのっかっている。だれもが目をこらし、集中して慎重に計画を練る。わたしが理解すべきことを解明するための計画だ。

なのに、なにもうまくいかない。わたしはどこもかしこも壊れてる。

自分のエネルギーをコントロールしなくてはならない、とキャッスルがいっていた。われわれの能力は、エネルギーがさまざまに形を変えたものなのだ。この世界において、物質は新たに作りだされたり消されたりするものではない。そう、彼はいった。われわれの世界が変わったとき、そこにふくまれるエネルギーも変わったのだ。われわれの能力は世界から、ほかの物質から、ほかのエネルギーからもらったものだ。われわれは異形の存在じゃない。人間が地球をめちゃくちゃに操作した末に、生じるべくして生じた結果だ。われわれのエネルギーはどこかから来たものだ。そのどこかとは、われわれをとりまく混沌とした世界のなかにある。

それなら理解できる。わたしは自分が後にしてきた世界がどんなだったか、覚えている。

怒ったような空や、月の下で崩壊していく夕日を覚えている。ひび割れた地面やまばらな植物、かつては緑だったのにいまはほとんど茶色になったものを覚えている。わたしはふと思いをはせる。飲めない水、飛ばない鳥、かろうじて残った荒れ地に広がるいくつもの居住区になり果てた人類の文明。

この惑星は、折れていびつにつなぎ合わせた骨。百個のガラスの破片を糊で貼り合わせたもの。わたしたちは粉々にされ、復元されて、毎日毎日、ちゃんと機能するふりをするようにいわれている。でも、そんなのウソだ。真っ赤なウソ。

わたしはちゃんと機能していない。

わたしは一連の不幸の結果でしかない。

2週間という日々が道路端で倒れ、見捨てられ、すでに忘れられた。わたしはここに来て2週間。その2週間、卵の殻のベッドに暮らしながら、なにかが壊れるときを、自分が最初にそれを壊すときを、なにもかもがばらばらになるときのことを考えていた。その2週間は、いままでより幸せで、健やかで、この安全な場所でぐっすりとよく眠れるはずだった。なのにわたしときたら、心配ばかりしていた。ちゃんとできなかったらもしちゃんとできなかったら、どうなるんだろう？　もし自分の能力をきちんとコントロールする方法が見つからなかったら、もしだれかを~~わざと~~うっかり傷つけてしまったら、どうなるんだろう？

わたしたちは大きな戦いの準備をしている。

わたしが訓練しているのも、そのためだ。わたしたちは全員、ウォーナーとその軍団を倒す準備を進めている。ひとつずつ戦いに勝つために。この世界の市民にまだ希望があることを示すために――〈再建党〉の要求にだまってしたがい、権力を増強することしか頭にない政権の奴隷になることはないと示すために。わたしは戦うことを承諾した。戦士になる。不本意ではあるけれど、この力を使う。でも、この手でだれかに触れることを考えると、無数の記憶と感情がよみがえる。わたしとの接触に免疫のない肌に触れたときだけに感じる、力の噴出を思い出してしまう。ほとばしる無敵の感覚、狂おしいほどの多幸感、全身の毛穴からあふれだす強烈な感覚。それがわたしにどんな影響をあたえるのかはわからない。他人の苦痛によって快感を得る自分を信頼していいのか、それもわからない。

わかるのは、これだけ。ウォーナーの最後の言葉が胸から消えない。いくら咳《せき》をしても、風邪なのか真実なのか、わたしの喉の奥を引っかくものを追い出せない。

ウォーナーがわたしにさわれることについては、アダムはなにも知らない。

だれも知らない。

ウォーナーは死んだはずだった。わたしが撃ったんだから、死んだはずだった。でも、わたしは銃の使い方を教わったことがなかった。だからいま、ウォーナーはわたしを探しているんだと思う。

戦うことになったんだと思う。

わたしを取りもどすために。


大きなノックの音がして、ドアが勢いよく開いた。

「おや、ミズ・フェラーズ。そんな隅にすわって、なにを成し遂げるつもりだ？」キャッスルの気さくな笑顔が、本人より先ににこにこと部屋に入ってくる。

わたしは短く息を吸いこみ、ちゃんとキャッスルを見ようとする。でも、できない。しかたなく小声であやまり、この大きな部屋で自分の言葉が作る申し訳なさそうなひびきに耳をすませる。床に広げられた分厚いマットの上で、震える手がきつく拳を握るのを感じながら思った。ここに来てから自分はなにひとつ成し遂げていない。申し訳なくてたまらない。わたしに親切にしてくれる数少ない人たちのひとりをがっかりさせるのは、たまらない。

キャッスルはわたしの真正面に立ち、じっと待っている。わたしはしかたなく顔を上げた。「あやまる必要はない」その澄んだ茶色の鋭い目と親しげな笑顔を見ると、彼がオメガポイントのリーダーだということを、つい忘れてしまう。再建党と戦う、この地下組織全体のリーダーだ。キャッスルの声はとても穏やかで、やさしすぎて、それが逆効果だった。~~ときどき、ただ怒鳴ってくれたらいいのにと思ってしまう。~~

「だが、自分の能力をコントロールする方法は身に着けなくてはならない、ミズ・フェラーズ」

少し休む。

少し歩く。

キャッスルは両手を、わたしが破壊するはずだったレンガの山に置く。彼はわたしの目のまわりが赤くなっていることや、わたしが投げた金属パイプには気づかないふりをする。彼の視線は、部屋の隅にどけてある板についた血のしみを注意深く避け、なぜ両手を強く握りしめているのかとか、また自分を傷つけてしまったのかとは聞かない。わたしのほうに顔を向けてはいるけれど、見ているのは、わたしのまっすぐ後ろのどこかだ。ふたたび口を開いた彼の声は、やさしかった。「むずかしいのはわかる。だが、自分でなんとかしなくてはならない。ぜったいに。君の人生は、それにかかっているといっていい」

わたしはうなずき、壁にもたれ、レンガの冷たさと背骨に当たる痛さを歓迎した。両ひざを胸に引き寄せ、床をおおう保護マットに両足が沈みこむのを感じる。いまにも涙がこぼれそうで、叫び出してしまいそう。「どうすればいいのか、わからない」わたしはようやく口を開いた。「ぜんぜんわからない。なにを求められてるのかも、わからない」天井を見つめて、何度もまばたきする。まぶしい。目がぬれている。

「どうしたら、あの力が出せるのかわからない」

「じゃあ、考えなくてはならない」キャッスルは躊躇《ちゅうちょ》なくいう。転がっていた金属パイプを拾い、両手で重みを確かめる。「いままで起こった出来事の関連性を見つけるんだ。ウォーナーの拷問室でコンクリートの壁をぶち抜いたとき――ミスター・アダム・ケントを救うため、鋼鉄のドアを手で破壊したとき――なにがあった？　なぜ、そのふたつの場合だけ、並外れた力を出すことができた？」キャッスルはわたしから一メートルほど離れて腰を下ろし、鉄パイプをこちらへ突き出した。「自分の能力を分析してほしいんだ、ミズ・フェラーズ。集中してごらん」

集中。

たったひと言だけれど、わたしをうんざりさせるにはじゅうぶんだった。ほとんどみんなに、そういわれる。集中しなさい。最初はウォーナーに集中しろといわれ、いまはキャッスルに集中しろといわれている。

　けれど、いままで一度もできた試しがない。

　キャッスルの深く悲しげなため息に、はっとわれに返る。彼は立ち上がって、一張羅らしい紺色のブレザーのしわをのばしている。その背中に刺繍されたΩ《オメガ》のマークを、わたしはちらっと見た。キャッスルは無意識にポニーテールの先に触れた――彼はドレッドヘアをいつも首の後ろできちんと結んでいる。「君は自分に抵抗している」その口調はやさしい。「気分転換に、だれかほかの人間と協力してやってみるべきかもしれないな。パートナーがいれば、解決の糸口がつかめるかもしれない――例のふたつの出来事の関連性を見つけられるかもしれない」

　わたしは驚いて、肩がこわばる。「え、ひとりでやらなきゃいけないんじゃなかったの？」

　キャッスルは眉を寄せ、わたしの向こうを見つめる。耳のすぐ下をかきながら、もういっぽうの手をポケットに突っこむ。「いや、ひとりでやってほしかったわけじゃない。ただ、君の場合は、パートナーの志願者がいなかったんだ」

　自分がなぜ息をのんでいるのか、なぜこんなに驚いているのか、わからない。ぜんぜん驚くことじゃないのに。みんながみんな、アダムのような人とは限らない。みんながみんな、アダムのようにわたしにさわっても無事なわけじゃない。アダム以外に、わたしに触れて不愉快な思いをしなかった人はいない。ウォーナー以外はだれも。アダムなら喜んで力になってくれるけれど、彼はわたしに協力できない。ほかの仕事でいそがしいのだ。

だれもわたしに話したがらない仕事で。

でも、キャッスルは期待のこもった目で、わたしを見つめている。寛大なまなざしで、ついさっき自分の発した言葉がどんなにひどい言葉かなんて、まるでわかっていない目で。それが事実だとわかっていても、そんなことをいわれればやっぱり傷つく。だから、よけいにひどい。事実を思い出すと、つらい。わたしはいま、アダムと暖かい安全な場所に暮らしているかもしれないけれど、ほかの人たちからは相変わらず脅威と思われている。わたしは怪物。忌わしい者。

ウォーナーは正しかった。わたしはどこへ行っても、この事実からは逃がれられない。

「どういう風の吹き回し？　いまになって、わたしを訓練しようといってくれる人はだれ？　……あなた？」

キャッスルはほほえんだ。

そのほほえみを見て、わたしは屈辱で首が熱くなり、プライドの真ん中に穴が開く。わたしはドアから飛び出したくなる衝動を抑えた。

お願い、お願い、お願いだから、わたしをあわれむのはやめて。そういいたかった。

「時間さえあれば、ぜひそうしたいのだが」キャッスルはいった。「やっと、ケンジの手が空いてね――彼のスケジュールを組み直すことができたんだ――それで、彼が喜んで君に協力するといってくれた」少しためらう。「もし君がよければ、だが」

ケンジ。

笑いがこみ上げる。わたしに協力するなんて危険を冒したがるのは、ケンジしかいない。わたしは一度、ケンジを傷つけてしまった。わざとじゃない。でも、彼が最初にわたしたちをオメガポイントに連れてきてくれて以来、いっしょにすごしたことはほとんどなかった。まるで、彼はただ仕事をこなし、任務を遂行していただけで、それが完了したとたん、自分の生活にもどってしまったみたいだった。どうやら彼はここでは重要な人物で、するべきことや管理することが無数にあるらしい。それに、彼はここの人たちに好かれているようだ。尊敬されているといってもいいくらい。

ここの人たちは、わたしが初めて会ったときのような、下品な口をきくいやなケンジを知っているのだろうか？

「もちろん」キャッスルが来てから初めて、わたしは感じのいい表情を作ろうとする。「とてもうれしい」

キャッスルは立ち上がった。その目は明るく、熱がこもっていて、心から喜んでいる。「よろしい。明日の朝食の席で、彼に引き会わせよう。ふたりで朝食をとって、そこからいっしょに行けばいい」

「えっ、でも、わたしはたいていー―」

「わかっている」キャッスルがさえぎった。ほほえみはいつのまにか薄くなり、額には心配そうにしわが寄っている。「君はミスター・ケントと食事をしたいんだろう。それは知っている。だが、君はほかの人々とほとんど関わっていないじゃないか、ミズ・フェラーズ。もし、ここにいるつもりなら、そろそろわれわれを信じてほしい。オメガポイントの人々は、ケンジに親しみを感じている。彼が君の人柄を保証してくれる。君とケンジがいっしょにいるのを見れば、みんなも君のことをそれほど怖がらなくなるだろう。そうなれば、君もここに溶けこみやすい」

熱い油を浴びせられたように、顔が熱くなる。わたしはひるんだ。指がぴくぴくするのを感じながら、目のやり場を探す。心に痛みなんか感じていないふりをしようとする。「みんな――みんな、わたしを怖がってるから」小さい声が、ますます小さくなっていく。「わたし、だれにも迷惑をかけたくなくて。みんなの邪魔になりたくなくて……」

キャッスルはため息をついた。長く、これみよがしに音を立てて。下を見て、顔を上げ、あごの下のやわらかいところをかく。「みんなが怖がっているのは」やっと口を開いた。「君を知らないからだ。君がもう少し努力して――ほんの小さな努力でい い――まわりの人と仲よくしようとすれば――」そこで言葉を切って、顔をしかめた。「ミズ・フェラーズ、君はここに来て二週間になるというのに、ルームメイトともろくに口をきいていない」

「でも、それはべつに――ルームメイトのふたりはやさしいわ――」

「なのに、彼女たちを無視するのかい？　ふたりとはいっしょにすごさない？　なぜだ？」

なぜって、いままで女の子の友だちなんてひとりもいなかったんだもの。自分がなにかへまをしたり間違ったことをいったりして、けっきょくは、ほかの女の子たちのときみたいに、きらわれてしまうんじゃないかって怖いから。それに、わたしはルームメイトのふたりが大好きなの。そんなふたりに拒絶されたら、つらくてたまらない。

~~いつかきっと拒絶されるにきまってる。~~

わたしはなにもいわない。

キャッスルは首をふる。「ここに到着した初日、君はじつにりっぱにやっていた。ブレンダンに接する態度も、愛想がいいといってもいいほどだった。君ならここでうまくやっていけると思った」

ブレンダン。プラチナブロンドの髪のやせっぽちで、全身に電気が流れている男の子。覚えてる。彼はわたしにやさしかった。「ブレンダンは好き」わたしはそういって、うろたえる。「彼がわたしのこと、怒ってるの？」

「怒る？」キャッスルは首をふり、声を上げて笑った。わたしの質問には答えない。「わからないな、ミズ・フェラーズ。わたしは君に辛抱強く接しようとしてきた。君に時間をあたえようとしてきた。だが、じつをいうと、非常に困っている。いまの君は最初のころとはまるで違う――着いたばかりの君は、ここにいることに興奮していた！　ところが一週間もたたないうちに、すっかり内に引きこもってしまった。廊下を歩くときも、ほかの人を見ようともしない。会話は？　友情は？」

そのとおりだ。

わたしは1日でここに落ち着いた。1日でここを見て回り、1日で違う暮らしに興奮した。そして1日で、みんなはわたしの正体とわたしのしてきたことを知った。

キャッスルはなにもいわないけれど、母親たちはわたしが廊下を歩いてくるのを見ると、あわててわが子の手を引っぱる。彼はそのことに触れようとしないけれど、わたしはここに来てからずっと、敵意のこもった視線や悪口に耐えてきた。彼はなにもいわないけれど、子どもたちはわたしに近づかないように注意されていて、数少ない老人たちはわたしをじろじろ見る。彼らがなにを聞いたのか、そういう話をどこで耳にしたのかは、わたしには想像することしかできない。

ジュリエット。

人殺しの手を持つ少女。彼女は熱い血の流れる人間から、力とエネルギーを吸い取ってしまう。吸い取られた人間は麻痺し、痙攣《けいれん》し、床に倒れて息を詰まらせて死んでいく。彼女は、人生のほとんどを病院と少年院ですごしてきた少女。両親に見捨てられ、法的に精神異常と判定され、ネズミも棲むのを恐れるような施設に隔離されていた少女。

少女。

貪欲に力を吸い取って、幼い子を殺した少女。彼女はよちよち歩きの子どもを苦しめた。大の男をひざまずかせてあえがせた。しかも、自殺するだけの潔さは持ち合わせていない。

すべて、本当のことだ。

だから、わたしはキャッスルを見る。頬を赤くし、語られない言葉を唇にはりつけ、頬と唇の秘密を明かすのを拒む目で。

キャッスルはため息をつく。

彼はなにかいおうと口を開きかけたけれど、わたしの顔を見て口を閉じた。ただ軽くうなずき、大きく息を吸いこむと、腕時計をとんとんたたき「あと三時間で消灯だ」と背を向けた。

そして、ドアのところで立ち止まった。

「ミズ・フェラーズ」ふり返らずに、急にやさしい口調で声をかける。「君はわれわれのところに残り、ともに戦い、オメガポイントの一員になることを選んだ」少し間があった。「そのうち、君の力が必要になる。残念ながら、そのときまで、もうあまり時間がない」

わたしは去っていくキャッスルを見つめる。

遠ざかっていく足音が、彼の最後の言葉とこだまするのを聞きながら、わたしは壁に頭をあずけた。天井を向いて目をつむる。彼の声が、厳粛で落ち着いた声が、耳のなかでひびいている。

残念ながら、そのときまで、もうあまり時間がない。まるで、時間に限りがあるようないい方だ。きちんと計ってボウルに入れた時間を、わたしたちは生まれたときにわたされて、たくさん食べたり早く食べたりすると、いざというときになって時間がない、浪費され、食いつくされ、使い果たされて、なくなっちゃった、とでもいうみたいに。

けれど時間は、わたしたちの限りある理解を超越したものだ。時間はわたしたちの外に存在していて、限りがない。わたしたちは時間を使い果たすことも、見失うことも、捕まえる方法を見つけることもできない。時間は、わたしたちがいなくなっても、つづいていく。

時間ならたっぷりある。キャッスルはそういうべきだった。わたしたちはこの世のすべての時間を持っている、というべきだった。でもそういわなかったのは、彼のいう時間《チクタク》とは、わたしたちの時間がチクタク変化しているという意味だから。時間はすごい勢いで前進し、まったく新たな方向へ突進し、べつのなにかに頭から突っこもうとしている。

チク

タク
チク
タク
チク
もう、すぐそこまで来ているのだ、

戦いのときが。


ここから彼にさわれそう。

彼の目は、濃いブルー。彼の髪は、濃い茶色。彼のシャツは、どこもぴったりしすぎている。彼の唇が、唇がぴくりと上がってスイッチを入れ、わたしの心に火をつける。わたしはまばたきも息を吐くこともできないうちに、彼の腕のなかにいる。

アダム。

「やあ」ささやく彼の唇が、わたしの首をかすめる。

血がさあっとのぼって頬が赤くなり、わたしは身震いしそうになって歯を食いしばる。そして一瞬、ほんの一瞬、体を投げ出して彼に抱きしめさせてあげる。「おはよ」にっこり笑って、彼のにおいを吸いこむ。

なんて贅沢。

ふたりきりで会えることはめったにない。アダムはケンジの部屋に弟のジェイムズといっしょに暮らしていて、わたしは治療者《ヒーラー》の双子と寝ている。たぶん、20分もしないうちに、双子の女の子がこの部屋にもどってくる。このチャンスを最大限に利用したい。

まぶたが落っこちる。

アダムの両腕が腰に巻きつき、わたしを引き寄せる。わたしは信じていない喜びで体が震えるのを止められない。肌も体もあまりに長いあいだ、人との接触や交流、温かい愛情を渇望していたせいで、自分をどう調整していいかわからない。わたしはおなかいっぱい食べようとしている飢えた子ども。このひとときの頽廃《たいはい》を五感でむさぼろうとしている。まるで、朝目覚めたら、継母のいいつけで灰の掃除をする現実が待っているかのように。

けれど、アダムの唇が頭に押しあてられて、わたしの心配事は少しのあいだ、美しいドレスをまとって心配事ではないふりをする。

「元気?」はずかしい。まだ彼の手がのびてきたばかりなのに、わたしの声はもう震えている。でも、体を離すことができない。離れたくなんてない。ずっと。ずっと、ずっと。

彼は体を揺らして笑う。穏やかでよくひびく、甘い笑い声。でも、アダムはわたしの質問にこたえない。それを承知で、わたしは聞く。

何度もふたりでこっそり抜け出そうとしたけれど、けっきょく見つかって厳しく叱られただけだった。消灯後は、自分の部屋から出てはいけないことになっている。猶《ゆう》予《よ》期間——あまりにもとつぜんやってきたわたしたちへの寛大な待遇——が終わると、アダムもわたしも、ほかの人たちと同じように、ここのルールに従わなければならなくなった。しかも、守るべきルールは山ほどある。

警備装置——どの角にも、どの通路にも、いたるところに監視カメラが——設置されていて、万一攻撃があれば、すぐ対応できるようになっているのだ。夜間は、警備係があやしい物音や不審な行動、規則違反がないか見て回る。キャッスルたちはオメガポイントを守るために警戒を怠らず、どんなにわずかな危険も避けようとする。もし、外部の人間がこのアジトに近づいた場合には、なんとしてでも追い払わなくてはならない。

これほど長く見つからずにすんでいるのは、厳しく警戒しているからだ、とキャッスルはいう。正直いって、彼がそこまで警戒にこだわる根本的な理由はわかる。でも、そのせいで、わたしとアダムはずっと離ればなれだ。アダムとは食事の時間しか会えず、そのときはいつもまわりに人がいる。空き時間があれば、わたしはトレーニングルームにこもって〝自分の能力をコントロールする〟訓練をしなくてはいけない。そんな状況を、アダムもわたしと同じくらい不満に思っている。

わたしはアダムの頬に触れた。

彼ははっと息を吸って、こちらを見る。その目が饒舌にうったえかけてくる。あまりに饒舌で、わたしは顔をそむけてしまう。強烈な感覚。わたしの肌は過敏になって、ついに、ついに、ついに目を覚まし、命に震え、不適切なくらい強い感覚に、ついハミングしてしまう。

わたしはそれを隠すこともできない。

アダムは自分がわたしにすることを見て、こちらの反応をながめている。彼の手がわたしの肌をかすめるときも、彼の唇がわたしの顔のすぐそばに来るときも、わたしの体に重なる彼の体の温もりがわたしの目を閉じさせ、体を震わせ、ひざをがくがくさせるときも。わたしもアダムを見る。わたしをそんなふうにさせているのが自分だと気づいたときの、彼の反応を見る。アダムはときどき意地悪をする。にこにこしながらふたりの距離をいつまでもちぢめてくれなかったり、わたしの胸のなかで暴れている心臓の音や、コントロールしきれない荒い息づかいや、彼がキスしようとするたびにわたしが息をのんでしまうのをおもしろがったりする。わたしは彼を見るたびに、いままでふたりですごしたすべての時間がよみがえる。彼の唇や感触やにおいや肌のすべての記憶がよみがえる。それはすばらしくて、とびきり素敵で、ぞくぞくする。新鮮で最高の感覚が、次から次へとやってくる。いままで知らなかった感覚、一度も感じたことのなかった感覚、近づくすべすらなかった感覚が。

~~ときどき、死んでしまうんじゃないかと怖くなる。~~

わたしはアダムの腕から逃れた。熱くて、寒くて、落ち着かない。自分をコントロールできたらいいのに。わたしが彼にかんたんに心を動かされてしまうのを、彼に忘れてほしい。それに、気持ちをしずめるのに少し時間が必要だ。わたしは後ろによろけた。両手で顔をおおい、なにかいうことを考えようとするのに、なにもかもが震えている。彼がわたしを見ている。まるで、わたしをひと息で吸いこんでしまおうとしているみたい。

だめだよ――彼がそうささやくのが聞こえた気がした。

気がつくと、彼の腕のなかにいた。わたしの名前を呼ぶせっぱつまった声がして、わたしは彼の腕のなかでほどけていく。ほどけてばらばらになって、体の震えを抑えようともしない。彼がとても熱くて、彼の肌が熱すぎて、わたしはもう自分がどこにいるのかもわからない。

アダムの右手が背中を滑るように上がってくる。わたしはここで作ってもらった特別な服を着ている。両手首、両足首まで包むレオタードのような服だ。アダムがわたしの特別な服の背中のファスナーを半分下ろしても、わたしは気にしない。わたしはこの１７年間の埋め合わせをしたい。なにもかも感じたい。ぐずぐず待ったり、だれにもわからないことや仮定の話を持ち出したりして大きな後悔をする危険を冒すことに興味はない。すべてを感じたい。だって、もし目が覚めてこの現象が終わっていたら、有効期限がすぎてしまっていたら、わたしのチャンスは逃げ去って二度ともどってこないとわかったら、どうするの？　わたしの手が人の温もりを感じることは、この先二度とないってわかったら？

いや。

無理。

薄い木綿のＴシャツの下にある彼の体の輪郭をすべて感じるまで、わたしは自分が彼に体を押しつけていることにも気づかなかった。Ｔシャツの下に両手を滑りこませると、彼の張りつめた息づかいが聞こえた。たくましい筋肉がこわばるのを感じて顔を上げると、彼はきつく目を閉じ、苦痛に似た表情を浮かべて、いきなりわたしの髪に手をのばしてきた。せつなそうに。彼の唇がすぐ近くに来る。彼がかがむと、重力がどこかに消え、わたしの足が床から離れる。わたしは浮かんでいる。飛んでいる。わたしをつなぎ止めているのは、この胸に渦巻くハリケーンと速すぎる鼓動だけ。

ふたりの唇が

触れると

わたしの体のあちこちがほころび始める。彼は長いあいだ失っていたわたしをやっと見つけだしたみたいに、キスをする。わたしがそっと去ろうとしても、けっして行かせてくれない。わたしはときどき叫びたくなり、ときどき倒れこみたくなる。こんなキスや、こんな気持ちとともに生きるのがどんなことか知っているうちに、死んでしまいたくなる。太陽をひと口飲んだような、天国の食物を口にしたような気分にさせる、やさしくはじける感覚を知っているうちに。

これ。

これのせいで、わたしは全身が痛くなる。

アダムが体を離した。荒い息をしながら、両手をわたしの服のやわらかい生地の下に滑らせる。彼はすごく熱い。彼の肌は熱すぎる。そのことはもういったと思うけれど、思い出せない。わたしはすっかり上の空で、彼がなにかいってもよくわからない。

でも、なにかいわれた。

その声は低くかすれていて、意味不明の音が、子音と母音と壊れた音節の混ざりあった音が聞こえた。彼の胸にひびく心臓の鼓動が、わたしの胸の鼓動といっしょになる。彼の指がわたしの体に書かれた秘密のメッセージをたどる。彼の手がサテンのようになめらかな生地の上をするする下りて、わたしの太もものあいだを滑り、ひざの裏を回って、上へ上へ上へ上がってくる。気を失っているのに意識があるなんて、ありえない？　これがきっと興奮するってこと、気持ちが高ぶって呼吸が異常に速くなるってことだ。そう思ったとき、彼に引っぱられた。彼は壁に背中をぶつけ、わたしの腰をしっかりつかむ。そしてわたしを強く自分の体に引き寄せる。

わたしはあえいだ。

彼の唇を首に感じる。彼のまつ毛が、わたしのあごの下をくすぐる。彼がなにかいう。わたしの名前みたい。彼のキスがわたしの鎖骨の上と下を行ったり来たりして、肩の丸みをたどる。彼の唇は、彼の唇と手と唇は、わたしの体の曲線や斜面を探っていく。彼は胸を大きくふくらませ、ため息をつき、動きを止めて、君の肌は最高だよ

とささやいたりして、
　わたしのハートはわたしを置きざりにして月へ飛んでいく。

　彼にこんなふうにいわれるのが好き。わたしの肌は最高だといわれるのが好き。だって、それは、わたしがいままでの人生でいわれてきたあらゆる言葉と逆の言葉だから。彼の言葉をポケットに入れて、ときどきさわってその存在を確かめられるといいのに。

「ジュリエット」

　わたしは息もできない。

　顔を上げることも、まともに見ることもできない。見えるのはただ、この完璧な瞬間だけ。でも、そんなことどうだっていい。だって、彼がほほえんでる。だれかが彼の唇にいくつもの星を飾ったみたいにほほえんでいる。そして、わたしを見てる。まるで、わたしがすべてであるかのように。わたしは泣きたくなる。

「目を閉じてごらん」アダムがささやく。

　わたしは彼を信じている。

　だから、いわれたとおりにする。

　わたしのまぶたが閉じると、彼のキスが降ってくる。ひとつ、もうひとつ、それからあごにも、鼻にも、額にも。頬にも。こめかみにも。
わたしの
首に
くまなく
キスすると、
彼はあわてて体を引き、ざらざらした壁に頭をぶつけてしまった。二言三言、つい乱暴な言葉を口走る。わたしは凍りついた。驚いて、急に怖くなってきた。「どうしたの?」声をひそめてたずねる。どうして小声になっているのか、わからない。「だいじょうぶ?」
アダムは顔がゆがみそうになるのを懸命にこらえている。けれど呼吸は荒く、きょろきょろして、「ご、ごめん」と口ごもり、後頭部を強く押さえている。「さっき――おれ――」彼は目をそらして、咳ばらいをする。「な――なにか――聞こえたような気がしたんだ。それで、だれかが入ってくるんじゃないかと思って」
当然だ。
アダムはここにいてはいけないんだから。
オメガポイントでは、男子と女子はべつべつの棟に宿泊している。キャッスルがいうには、そのおもな理由は、女子が居住区内で安心して快適に暮らせるようにするためらしい。とくに、バスルームが共同だから。わたしには、それでほとんど問題はない。男の人といっしょにシャワーを使わなくていいのはうれしい。けれどそのせいで、アダムとふたりきりになれる時間を探すのはむずかしかった——おまけにやっとの思いで手に入れた時間も、だれかに見つからないか、常に神経をとぎすませている。

アダムは壁にもたれ、痛そうな顔をする。わたしは手をのばして彼の頭に触れた。

ひるむ彼。

凍りつくわたし。

「だいじょうぶ……？」

「ああ」ため息。「ただ——なんていうか——」彼は首をふる。「わからない」声を落とし、目を落とす。「おれ、いったいどうしたんだろう」

「もう」わたしは指先で彼のお腹にさわる。彼の木綿のTシャツは、まだ体温で温かい。わたしはそこに顔をうずめたくなる衝動を抑える。「だいじょうぶだってば。ただ、慎重になってただけでしょ」

アダムは奇妙で悲しげなほほえみを浮かべる。「頭をぶつけたことじゃないんだ」

わたしはまじまじと彼を見る。

彼は口を開け、閉じて、またこじ開ける。「おれがいいたいのは――こいつのこと――」そういって、ふたりのあいだの空間を指す。

最後までいおうとしない。わたしを見ようともしない。

「わからない――」

「おれ、頭がどうかしそうなんだ」それは小さな声で、自分でも口に出していっているのかよくわからないようだった。

わたしは彼を見る。彼を見て、まばたきして、見えない言葉につまずく。言葉が見つからなくて、しゃべれない。

アダムは首をふっている。

後頭部を強く押さえて、決まり悪そうな、恥ずかしそうなようすだ。わたしはなぜなのか、一生懸命理解しようとする。アダムは恥ずかしがったりするような性格じゃない。ぜったい。

やっと話しはじめた彼の声は、かすれていた。「君といっしょにいられるときを、ずっと待っていた。こうなるのを望んできた――ずっと前から君がほしかった、いろんなことがあったけど――」

「アダム、なにが――」

「眠れないんだ。眠れなくて、ずっと君のことを考えてる――ずっとだ。眠れなくて――」アダムが言葉を切った。手のひらの付け根を額に押しつけ、目を固く閉じている。壁のほうを向いてしまって、彼の顔が見えなくなる。「君も知っておくべきだ――知らなきゃいけない」ひりひりする言葉が、彼から流れ出してくるようだった。「おれは君がほしい。こんなになにかをほしがったことは一度もない。なにひとつない。なぜなら、これは――これは――ああ、おれがいいたいのは、君がほしいってことなんだ、ジュリエット、おれは――おれは――」

言葉がとぎれ、彼がこちらを向く。目はまぶしすぎるほど輝き、激しい感情で顔が上気している。彼の目はわたしの体の輪郭をいつまでもたどっていて、わたしの血管に流れるオイルに火がついてしまいそう。

わたしに火がついた。

なにかいいたい。この場にふさわしい、確かで、安心できるようなことを。彼にいってあげたい。わかる、わたしも同じ、わたしもあなたがほしい。けれど、この場の空気は張りつめていて、とてもリアルで、すごく切迫していて、これは夢なんだと信じそうになる。わたしにはほとんど文字が残っていなくて、あるのはQとZばかりで、だれかが辞書を発明してくれたんだったと思い出したときには、彼はわたしから目をそむけた後だった。

彼がごくんと唾《つば》を飲んで、下を向く。またあちらを向く。片手を髪に突っこみ、もういっぽうの手は拳骨にして壁に押しつけている。「君にはわからない」声はかすれている。「君がぼくになにをしているのか。ぼくになにを感じさせているのか。君が触れると――」彼は震える手で顔をさすった。ほとんど笑っているみたいだけれど、呼吸は不規則で苦しそう。彼はわたしと目を合わせようとしない。後ろに下がって、小声で悪態をつく。拳骨で額をこする。「まったく。おれはなにをいってるんだ。くそっ。くそっ。ごめん――忘れてくれ――いまいったことは全部忘れてくれ――もう行かないと――」

わたしはアダムを止めようとする。自分の声を見つけて、こういおうとする。「だいじょうぶ、だいじょうぶだってば」けれど、いまのわたしはすごく不安で、ひどく混乱している。だって、ぜんぜん意味がわからない。なにが起こっているのか、なぜ彼がわたしのことでこんなに不安定になっているのかわからない。わたしのこと、わたしたちこと、彼のこと、わたしと彼とわたしと、そういう代名詞を全部くっつけたもののことで。わたしは彼を拒んでいない。わたしの彼への気持ちは、いつだってはっきりしている――わたしやわたしのまわりのことで、彼が不安を感じる理由なんてなにもない。それに、彼がわたしのことを、まるでなにかがおかしいというような目で見る理由がわからない――。

「本当にごめん。あんなこと――いうべきじゃなかった。おれはただ――おれは――くそっ。来るべきじゃなかった。もう行ったほうがいい――行かなきゃ――」

「どうしたの？　アダム、なにがあったの？　なんの話をしてるの？」

「考えなしだった。おれはなんてバカなんだ――おれはここにいることさえ許されないのに――」

「アダムはバカじゃない――だいじょうぶ――なにもかもだいじょうぶよ――」

彼は声を上げて笑う。うつろな声がひびく。落ち着かない笑みの名残を顔に張りつけ、だまって、わたしの後ろのどこか一点を見つめている。長いあいだなにもいわなかったけれど、ようやく口を開いた。「いいや」彼は明るい声を出そうとする。「キャッスルはそう思っていない」

「えっ？」わたしは不意をつかれて、息をのむ。話題はもう、わたしたちの関係のことじゃなかった。

「そうなんだ」アダムは急にポケットに両手を突っこんだ。

「いや」

アダムはうなずき、肩をすくめ、わたしを見て、目をそらす。「よくわからないけど、そうらしい」

「でも、実験では——あの——ええと」わたしは首をふるのを止められない。「キャッスルがなにか見つけたの？」

アダムはわたしを見ようとしない。

「え、ウソ」わたしは小さい声をもらす。小声でささやけば、少しはこの事態が楽になるかのように。「じゃあ、ほんとなの？　キャッスルのいうとおりなの？」声が少しずつうわずって、筋肉がこわばる。なぜ恐怖に似た気配がするのか、どうしてそんな感覚が背中を這い上がってくるのか、わからない。もし、アダムにもわたしと同じように特殊な能力があるとしても、べつにわたしが怖がることはない。それがけっして楽なことでも単純なことでもないことは、わかっていたはずだ。キャッスルもずっとそういっていた——アダムがわたしにさわれるのは、彼にも何らかのエネルギーがあるからだ。それにキャッスルは、アダムにわたしの能力に対する免疫があることは幸運な偶然だと考えてはいない。そんなことよりもっと大きくて、もっと科学的で、もっと特殊なことに違いないと思っている。わたしはずっと、単なる幸運と信じたがっていた。

そして、アダムは知りたがった。自分に特殊な力があるとわかって、実際、興奮していた。

ところが、キャッスルと実験を始めたとたん、アダムはその話をしたがらなくなってしまった。ごくわずかなことしか教えてくれなくなった。実験の興奮は、あまりにも早くしぼんでしまった。

なにかがおかしい。

なにかがおかしい。

~~おかしいにきまってる。~~

「決定的なことはなにもわかっていない」アダムはいうけれど、なにか隠している。

「あと二回やってみなくちゃならない――キャッスルがいうには、まだいくつか……調べる必要があるらしい」

そのいい方が妙にそっけないことを、わたしは見逃さない。なにかがおかしいのに、その兆候にわたしはたったいままで気づかなかった。気づきたくなかったんだ、と思う。アダムがいままで見たこともないほど疲れていて、やつれていて、いつになく張りつめているのを、認めたくなかったのだ。彼の肩には、不安が家を構えていた。

「アダム――」

「おれのことは心配するな」言葉はきつくないけれど、口調には無視できない切迫感がにじんでいる。わたしがなにもいえないうちに、彼はわたしを腕のなかに引き寄せた。彼の指がわたしの特殊な服のファスナーを上げていく。「おれはだいじょうぶだよ。本当だ。おれはただ、君がだいじょうぶか知りたいだけだ。君がここでだいじょうぶなら、おれもだいじょうぶだ、なにもかも問題ない」そこでひと息つく。「わかった？　なにもかもうまくいく」彼の顔に浮かんだ震える笑みが、わたしの心臓に鼓動するのを忘れさせる。

「わかった」声を出せるまで、少しかかった。「わかったわ、でも――」

ドアが開き、ソーニャとセアラが部屋に入りかけて凍りついた。ふたりの視線が、抱き合っているわたしたちに釘づけになる。

「きゃ！」とセアラ。

「あら」ソーニャは下を向く。

アダムは小声で悪態をついた。

「あたしたち、もう少し後で来るわね――」双子は声をそろえていった。

出ていこうとするふたりを、わたしは止めた。あの子たちの部屋なのに、追い出すわけにはいかない。

わたしは双子に出ていかないでとたのんだ。

本当にいいの、と聞き返す双子。

わたしはちらりとアダムの顔を見て、自分がふたりきりの時間を一分でも失いたくないのがわかった。けれど、ルームメイトを利用するわけにもいかない。ここは双子のプライベートな空間だし、消灯時間も近い。廊下をうろうろさせるのも悪い。

アダムはもうわたしを見ていないけれど、放そうともしない。わたしはかがみこんで、彼の胸に軽いキスをする。やっと目を合わせてくれた。彼はつらそうな小さいほほえみをくれた。

「愛してる」わたしは彼にだけ聞こえるように、小さい声で告げる。

彼は不規則な短い息を吐くと、「君にはわからない」とささやいて体を離した。そして片足でくるりと回って、出ていった。

心臓が喉で鼓動している。

双子がこちらを見ている。心配そうに。

ソーニャが口を開こうとしたとき、
スイッチが、

パチンと音を立て、
光が揺らぎ、
明かりが消えた。

夢がもどってきた。

ウォーナーと基地に閉じこめられて少したったころから、しばらく見なくなっていた夢だ。わたしはあの白い鳥を、頭に金の冠《かんむり》みたいな模様のある鳥を、失ってしまったんだと思っていた。あの鳥は以前、よく夢に出てきた。力強く優雅に羽ばたき、世界の上空を飛んでいた。あの鳥のほうがよく知っているかのように、わたしたちが疑ってもみない秘密を知っているかのように、わたしをどこか安全な場所へ案内するかのように。それは、施設でのつらい闇のような生活のなかで、ひとかけらの希望だった。アダムの胸に刻まれた、あの鳥とまったく同じタトゥーに出会うまでは。

なんだか、あの鳥がわたしの夢から飛びたって、彼の胸で休んでいただけのような気がする。あれは合図だと思っていた。やっと安全なところに来たんだよ、というメッセージだと思っていた。わたしは飛びたち、ついに平和な聖域《サンクチユアリ》を見つけたんだと思っていた。

あの鳥にまた会えるとは思わなかった。

帰ってきた鳥は、まったく変わっていないように見えた。同じ青空にいる、同じ黄色い冠模様の、同じ白い鳥。けれど今度は、凍りついている。見えない鳥かごに入っているかのようにその場で羽ばたき、永久に同じ動作をくり返す運命にあるみたい。ただ飛んでいるように見えるだけ。空中で翼を動かしているだけ。自由に空を飛んでいるように見えるけれど、本当はどこにも行けない。

上へ飛ぶこともできない。

落ちることもできない。

この一週間、わたしは毎晩同じ夢を見て、7日間毎朝震えて目を覚まし、現実の冷たい空気にぞっとして、胸の泣き声をしずめようと苦闘している。

この夢の意味を理解しようと苦闘している。

ベッドから這い出し、毎日着ている特殊な服を身に着ける。わたしにはもう、これしか服がない。色は濃い紫で、暗紫色というか、ほとんど黒に近い。かすかに光沢があり、光をあてると少しきらきらする。レオタードのようにひとつながりになっていて、首から手首と足首までぴったり体を包んでいるのに、ぜんぜん窮屈じゃない。

この服を着ると、体操選手のように動ける。足の形に合った弾力のある革のショートブーツもあって、それをはくと音を立てずに床を歩ける。手にはひじまである黒い革手袋をはめるので、触れてはいけないものをうっかり素手でさわらずにすむ。ソーニャとセアラがひもを一本貸してくれて、数年ぶりに髪が顔にかからないようにできた。髪を高い位置でポニーテールに結んだら、だれの手も借りずに背中のファスナーを上げられるようになった。この服を着ると、自分が特別な存在になった気がする。無敵になった気がする。

この服はキャッスルからの贈り物だった。

わたしがオメガポイントに来る前から、特別にあつらえてくれていた。わたしにはこういう服が必要になるだろうと考えてのことだ。自分自身や他人から身を守ると同時に、相手を傷つけるか傷つけないかの選択ができる服。この服は特別な素材でできていて、暑いときには涼しく、寒いときには温かく体温をたもってくれる。いまのところは、完璧だ。

~~いまのところは、いまのところは、いまのところは~~

わたしはひとりで朝食をとりにいく。

ソーニャとセアラはいつも、わたしが起きるころにはもういない。医療棟での双子の仕事は無限にある——ふたりは怪我を治せるだけでなく、解毒剤や軟膏の開発にもたずさわっているのだ。いつか話をしたとき、ソーニャがこんな説明をしてくれた。特殊な力のなかには、使いすぎると枯れてしまうものがあって、自分の体を酷使しすぎると機械みたいに故障してしまうことがあるという。双子は、治療できないほどたくさんの怪我人が出た場合に使える薬を作りたいといっている。なにしろ治療ができるのは、この2人だけなのだ。しかも、戦いはすぐそこまで迫っている。

食堂に入る。まだ、こちらをふり向く人たちがいる。

わたしは見世物で、特殊な能力を持つ人たちのなかでも、やっぱり変わり者なのだ。いままでの人生を考えれば、これくらいのこと、そろそろ慣れてもいいはずだ。もっと強い、他人の意見なんて気にしない、なにをいわれようと動じない人間になっているべきなのに。

~~わたしには、するべきことがたくさんある。~~

視界をはっきりさせて、両手を体の横に下ろしたまま、15メートル先の壁にある小さな印以外は目に入らないふりをする。

わたしはただの数字、というふりをする。

顔にはなんの感情も浮かべない。唇はぴくりとも動かさない。背すじをのばす。両手を握りしめたりしない。わたしはロボット、人々のあいだをすり抜ける亡霊。
６歩進む。１５のテーブルを通りすぎる。４２秒、４３秒、４４秒とかぞえていく。
怖い
怖い
怖い
わたしは強い。
食事は一日3回。朝食は午前7時から8時、昼食は午後１２時から1時、夕食は午後5時から7時。夕食が一時間長いのは、一日の終わりだから。一生懸命働いたごほうびみたいなものだ。といっても、食事の時間はそれほど贅沢《ぜいたく》なイベントじゃない——ウォーナーとの食事とはかなり違う。ここではみんな長い列にならび、すでに器に盛られた料理を受け取って、食事をする場所——部屋じゅうに長方形のテーブルを平行にならべただけ——へ向かう。不必要なものはなにもなく、むだはいっさいない。
アダムがならんでいるのを見つけて、わたしはそちらへ向かう。
６８秒、６９秒、７０秒とかぞえていく。
「よお、かわいこちゃん」丸いものが背中にぶつかって、床に落ちた。４３の筋肉を動かして顔をしかめながらふり向くと、彼がいた。

ケンジ。

人のいい満面の笑顔。目はオニキスのような黒。それよりさらに黒い髪はまっすぐで、目に入りそうになっている。口元はひくつき、唇はぴくぴくして、印象的な頬骨のラインはリンゴのように盛り上がって抑えきれない笑みを作っている。まるで、わたしが髪にトイレットペーパーをからませて歩き回ってでもいるかのように、こちらを見ている。そんな彼を見て、こう思った。わたしはここに来てから、どうして彼とすごそうとしなかったんだろう？　彼は、事実上、わたしの命を救ってくれたのに。アダムの命も。ジェイムズの命も。

ケンジはかがんで、丸めた靴下のようなものを拾った。それを片手にのせ、もう一回わたしに投げようか考えているようだ。「どこへ行く？　ここでおれと会うことになってんだろ？　キャッスルがいってた――」

「どうして、靴下なんか持ってきたの？」わたしはケンジをさえぎる。「ここは食事の場所よ」

ケンジはほんの一瞬かたまって、天井をあおぐと、わたしのそばに来てポニーテールを引っぱった。「あんたと会う約束に遅れて、走ってきたんだよ、女王さま。靴下をはくひまなんかあるもんか」そういって手のなかの靴下を指さし、はいているブーツを指す。

「バカじゃないの？」

「おれに惚れてるってことか。表現がほんと変わってるよな」

わたしは首をふり、笑いをかみ殺す。ケンジは歩く矛盾《むじゅん》――大真面目な人間と思春期の12歳の少年をひとつにしたような人だ。けれど、わたしがすっかり忘れていたのは、彼のそばにいると息をするのがすごく楽だってこと。彼といると、声を上げて笑うのがとても自然に感じる。わたしは歩きつづけ、なにもいわないように気をつける。それでも、口元だけはほほえんだまま、トレイを持って食堂の真ん中へ向かう。

ケンジは半歩後ろをついてくる。「で、今日はいっしょにやるんだろ」

「ええ」

「じゃあ、なんで――おれの前をさっさと通りすぎるんだ？　声もかけずに？」ケンジは靴下を胸の前で握りしめる。「へこむじゃねえか。せっかく席を取ったり、いろいろしといてやったのに」

わたしはちらっとケンジを見て、歩きつづける。

ケンジはぴったり後ろについてくる。「真面目にいってるんだぜ。手をふった相手に無視されるのがどんなに気まずいか、わかるか？　そんなことされたら、こっちはバカみたいにきょろきょろして、『いや、ほんとだって、誓ってもいい、おれはあの子の知り合いなんだ』と必死で説明したって、だれにも信じてもらえ――」

「なにいってるの？」わたしは食堂の真ん中で足を止め、くるりとふり向く。信じられない。「ここに来てからの二週間、一度しか話しかけてこなかったくせに。もう顔も覚えてないわ」

「わかったから、止まれって」ケンジはわたしの行く手をふさぐ。「おれもあんたもわかってる。あんたがこいつに」自分を指す。「気づかないわけがないってことはな。だから、思わせぶりな態度をとろうとしてんなら、はっきりいっとく。そんなことしたってムダだ」

「はあ？」わたしは顔をしかめる。「いったいなんの話を――」

「かんたんには落とせない女を演じたって、ムダってことさ」ケンジは片方の眉をくいっと上げる。「こっちは、あんたにさわることもできねえんだ。〝かんたんに手に入らない〟どころの話じゃねえ。いいたいことはわかるだろ」

「やだ」わたしは口も目も閉じて、ぶんぶん首をふる。「頭おかしいんじゃないの」

　ケンジはがくんと両ひざをついた。「頭がおかしくなるくらい、あんたの愛を求めてるんだって！」

「もう、ケンジったら！」わたしは目を上げられない。まわりを見るのが怖い。でも、ケンジのおしゃべりをやめさせなきゃ。部屋じゅうの人を巻きこむのをやめさせなきゃ。冗談なのはわかっているけれど、もしかしたら、わかっているのはわたしひとりかもしれない。

「なんだよ？」ケンジの声が部屋じゅうにひびく。「おれの愛にとまどってるのか？」

「お願い――お願いだから、立って――それから声を落として――」

「やだね」

「どうしてよ？」わたしはもう懇願している。

「どうしてって、声を落としたら、おれの声が聞こえなくなっちまう。それに、いまがいいところじゃねえか」

わたしは彼を見ることもできない。

「拒まないでくれ、ジュリエット。おれはさびしい男なんだ」

「ねえ、どうしちゃったの？」

「あんたにふられて、胸が張り裂けそうなんだよ」ケンジはさらに声を張り上げ、両手を悲しげに大きくふる。その手が当たりそうになって、わたしはさっと後ずさる。けれどそのとき、みんなが彼に注目していることに気づいた。

楽しんでいる。

わたしはなんとかぎこちない笑みを作り、部屋を見回して驚いた。もう、だれもわたしなんか見ていない。みんなにやにやしている。ケンジの悪ふざけに慣れているのは明らかだ。あこがれとなにかの混ざった目で、ケンジを見つめている。

アダムもケンジを見つめている。両手でトレイを持って立ち、首をかしげてとまどった目をしている。わたしと目が合うと、おずおずと笑みを浮かべた。

わたしは彼のほうへ向かう。

「ちょっ――待てよ、おい」ケンジがぱっと立ち上がり、わたしの腕をつかもうとする。わたしは後ずさる。「わかってるだろ、おれはただ、いっしょに飯を食おうと――」ケンジはわたしの視線の先をたどり、アダムがいるのに気づいた。片手でぴしゃりと額をたたく。「そうか！　ったく、なんで忘れてたんだろう。あんたはおれのルームメイトとつきあっててんじゃねえか」

わたしはケンジに向き直る。「聞いて、わたしのトレーニングにつきあってくれることには、感謝してる。本当よ。ありがとう。でも、わたしのことが好きだなんて嘘をふりまかないで――とくに、アダムの前では。それから朝食の時間が終わる前に、わたしを通してくれない？　アダムとはなかなか会えないんだから」

ケンジはひどくゆっくりうなずいて、少し真面目な顔になる。「あんたのいうとおりだ。悪かった。よくわかったよ」

「ありがとう」

「アダムはおれたちの愛に嫉妬してるんだ」

「いいから、さっさと自分の食事をもらってくれば！」わたしは吹き出しそうになるのをこらえて、ケンジを力いっぱい押しやった。

ケンジはわたしに触れるのを恐れない数少ない人たちのひとりだ。もちろん、アダムは例外だけど。実際は、この特別な服を着ていれば、わたしを怖がる必要なんてない。でも、食べるときはたいてい手袋をはずすから、わたしが来たという噂が、いつも本人より1・5メートル先を進んでいく。みんな、わたしから距離を置く。なのにケンジは、取り乱したわたしに一度攻撃されたことがあるにもかかわらず、ぜんぜん怖がらない。ケンジをたじろがせるのは、天文学的規模の災害でも起きないかぎり無理みたい。

それはすごいと思う。

アダムはわたしと会っても、あまりしゃべらない。「やあ」のほかに話す必要がない。彼の口の片側がくいっと上がるだけで、わたしにはもう彼がいつもより少し堂々として、少し固くなって、少し緊張しているのがわかる。それに、この世界のことはあまり知らないけれど、彼の目に書かれた本の読み方ならよく知っている。

わたしを見る目でわかる。

彼はいま、わたしを心配しているような暗い目をしているけれど、まなざしはとてもやさしく、とても真剣で、気持ちがこもっている。そばにいると、彼の腕に飛びこまずにいるのがむずかしい。わたしはいつのまにか、彼のごく単純な動作を見つめていた——体重をかける足をかえ、トレイを持ち、だれかにおはようとうなずく。空気を裂いて進んでいく体の動きを、ただ目で追う。いっしょにいられる時間は本当に少なくて、わたしの胸はいつも苦しくなり、心臓の鼓動が早くなる。ふたりでいると、なにもできない人間になってしまいたくなる。

彼はわたしの手を放そうとしない。

わたしはぜったい目をそらしたくない。

「だいじょうぶ？」わたしはたずねる。まだ昨夜のことが少し心配だった。

アダムはうなずく。ほほえもうとする。「ああ。おれ……」咳ばらいして、大きく息を吸い、目をそらす。「ああ。昨夜はごめん。なんか、おれ……少し神経質になっていたみたいだ」

「なにに？」

アダムはわたしの向こうへ目をやって、顔をしかめる。

「アダム……？」

「うん？」

「どうして、神経質になってたの？」

彼の目がふたたびわたしの目と合って、大きく、丸くなる。「え？　べつに理由はないよ」

「それじゃ、わからな――」

「おいおい、いったいいつまで話しこんでんだ？」

ぱっとふり向くと、すぐ後ろにケンジが立っていた。トレイに山盛りの食事をのせていて、だれにもなにもいわれなかったのかと驚いてしまう。きっと、調理係を説得して多めにもらってきたに違いない。

「で？」ケンジはまばたきもせず、わたしたちの返事を待っている。そしてようやく首を後ろにひねって、ついてこいと合図すると、歩きだした。

アダムはふうっと息を吐き、ぼんやりしていたので、わたしは昨夜の話題を取り下げることにした。どうせ、すぐだ。すぐ話せる。きっと、なんでもないと思う。なんでもないにきまってる。
またすぐ話ができる。そうすれば、なにもかも解決する。

ケンジが空いているテーブルで、わたしたちを待っている。
食事のときは、以前はジェイムズもいっしょだった。けれど、ジェイムズはオメガポイントに数人いる子どもたちと仲よくなって、いまでは友だちと食事をするようになっていた。ジェイムズはここに来て、だれよりも幸せそうだ。それは、わたしもうれしい。ただ、いっしょにいられないのは正直さみしい。でも、それをロに出していうのは怖い。ときどきわからなくなる。わたしがアダムのそばにいると、ジェイムズは近づいてこない。その理由を知りたいのかどうか、自分でもよくわからない。ほかの子たちに、わたしは危険だから近づいちゃいけないといわれたのかなんて、知りたいと思わない。わたしは実際危険だけれど、わたしはただ

アダムはベンチシートにすわり、わたしも隣にするりと腰を下ろす。ケンジはわたしたちの向かいにすわっている。アダムとわたしはテーブルの下でこっそり手をつないでいて、わたしは彼のそばにいられる贅沢を味わうことを自分に許す。手袋はつけたままだけれど、そばにいられるだけでじゅうぶん。わたしのお腹のなかで花が咲き、

やわらかい花びらが神経の末端までやさしくくすぐる。まるで、3つの願いを叶えられているみたい——触れること、味わうこと、感じること。なんて奇妙な現象だろう。信じられないほど幸福な不可能をティッシュにくるんで、リボンをかけて、わたしの心の奥にしまいこむ。

自分にはふさわしくない恩恵のように感じることが、よくある。

アダムが動いて、脚をわたしの脚にぴったりくっつける。

顔を上げると、アダムはほほえんでいた。ひそかなほほえみが、たくさんのことをうったえている。朝食の席ではふさわしくないことを。わたしはなんとか息をして、頬がゆるみそうになるのをこらえ、自分の食事に目を向ける、どうか、赤くなっていませんように。

アダムが耳元に口を寄せてくる。やさしい息づかいを感じる。彼がなにかいおうとしている。

「おまえらには、ほんとうんざりだぜ。わかってやってるだろ？」

わたしは目を上げて驚いた。ケンジがスプーンを口に持っていくとちゅうで、かたまっている。首はこっちにかしげたままだ。その姿勢のまま、ケンジはスプーンでわたしたちの顔を指す。「いったい、なんなんだ？　テーブルの下で、こそこそいちゃつきやがって」

アダムがわたしから離れた。ほんの数センチだけ。いらだって、大きくため息をつく。「なにいってるんだ、気に入らないなら、どこへでも行けばいいだろう」アダムはまわりのテーブルをあごでしゃくる。「だれもここにすわってくれとたのんだわけじゃない」

これでもアダムは、気持ちよくケンジに接しようとしているのだ。この2人はウォーナーの基地では友だちどうしだったのに、どういうわけか、ケンジはアダムを怒らせるツボを知っている。わたしは一瞬、アダムとケンジがルームメイトだということを忘れそうになる。

ふたりは、いっしょに生活するってことをどう考えているんだろう？

「バカいうな」ケンジがいい返す。「今朝いっただろ、おまえらといっしょにすわらなきゃならねえんだ。キャッスルから、おまえらふたりがここの生活に適応できるように手伝ってやれとたのまれてんだ」ケンジは鼻を鳴らし、わたしのほうを向く。「まったく、あんたがこいつのどこを気に入ってんのか、さっぱりわからねえよ。いっぺん、こいつといっしょに生活してみな。こいつの不機嫌なことといったら」

「おれは不機嫌なんかじゃ――」

「不機嫌だろうが」ケンジはスプーンを置いた。「おまえは不機嫌だ。口を開けば『だまれ、ケンジ』、『寝ろ、ケンジ』、『おまえの裸なんかだれも見たかないんだよ、ケンジ』だ。いっとくが、おれの裸を見たいってやつは何千人もいる――」

「で、おまえはいつまでここにすわってるつもりだ？」アダムは顔をそむけ、空いているほうの手で目をこする。

ケンジは背すじをのばし、スプーンを取ってまたふり回した。「おいおい、そっちこそ、おれが同じテーブルにすわってくれてラッキーだと思うべきだろ。こっちはおまえと親しくして、周囲におまえもいいやつだと思われるようにしてやってんだぞ」

隣でアダムが身を固くするのを感じて、わたしは仲裁に入ることにした。「もうっ、話題を変えない？」

ケンジはぶつぶついって、あきれた顔をすると、スプーンで朝食をすくって口に放りこんだ。

わたしは心配になる。

よく注意して見ると、アダムの目には疲れが、額にはつらさが、肩にはこわばりが見える。この地下の世界で、彼はなにを経験しているんだろう？　そう考えずにはいられない。彼はわたしになにを隠しているの？　わたしがアダムの手を軽く引っぱると、彼がこちらを向いた。

「ねえ、本当にだいじょうぶ?」わたしは小声でたずねる。ずっと同じ質問ばかりしている気がする。

アダムの目はたちまちやわらいだ。疲れているみたいだけれど、かすかにおもしろがっているようにも見える。テーブルの下で彼の手がわたしの手を放し、わたしのひざの上にのる。その手が太ももを滑り下り、わたしが言葉のコントロールを失いそうになると、彼はわたしの髪に軽いキスをした。わたしは思わず息をのみ、フォークを床に落としそうになる。彼がわたしの質問にちゃんと答えていないと気づくのに、少しかかった。彼は目をそらして自分の食事を見つめ、やっとうなずいてこういった。

「だいじょうぶだよ」でも、わたしは息をしていなくて、彼の手はまだわたしの脚に模様を描いている。

「ミズ・フェラーズ?　ミスター・ケント?」

わたしははっと背すじをのばした。その拍子に、テーブルの下に思いきり手をぶつけた。キャッスルの声だ。キャッスルが来ると、彼はわたしの先生で、わたしは教室でいたずらを見つかった生徒みたいな気分になる。ところが、アダムは少しも驚いていないみたい。

わたしはアダムの手につかまって、顔を上げる。

キャッスルがわたしたちのテーブルを見下ろすように立っていて、ケンジが食器を返しに行こうとしている。ケンジは古い友人みたいにキャッスルの背中をぽんとたたき、キャッスルはすれ違いざまにケンジに暖かい笑みを向けた。

「すぐもどってくる」ケンジは肩ごしに声を張り上げ、体をひねって大げさに親指を立てて見せる。「みんなの前で裸になるんじゃねえぞ、いいな？　ここには子どももいるんだ」

わたしは体をすくめる。ちらっとアダムを見ると、奇妙なくらい食事に集中している。彼はキャッスルが来てからひと言もしゃべっていない。

わたしはふたりを代表して挨拶《あいさつ》することにした。顔に明るい笑みを張りつける。

「おはよう」

キャッスルはうなずき、上着の襟にさわった。堂々として落ち着いている。彼はわたしにほほえみかけた。「ちょっと声をかけて、顔を見に来ただけだ。君が友人の輪を広げようとしているのを見て、じつにうれしいよ、ミズ・フェラーズ」

「あら。ありがとう。でも、わたしをほめるのはおかしいわ。わたしにケンジと同じテーブルにすわるようにいったのは、あなただもの」

キャッスルの笑顔が少しこわばる。「それもそうだな。じゃあ、いいかえよう。君がわたしの助言にしたがってくれて、うれしいよ」

わたしは自分の食事に向かってうなずく。意味もなく額をさする。アダムはというと、息もしていないみたいに見える。わたしが口を開きかけたとき、キャッスルがさえぎった。「ところで、ミスター・ケント。ミズ・フェラーズから聞いたかな？　彼女はこれからケンジと訓練をすることになった。わたしは彼女の訓練が進歩することを期待している」

アダムは答えない。

キャッスルはさらにつづける。「じつは、彼女を君と訓練させるのもおもしろいかもしれないと思っていたんだ。わたしの監督のもとでだが」

アダムがはっと目を上げる。警戒している。「なんのことだ？」

「つまり――」キャッスルは言葉を切った。視線がわたしとアダムのあいだを動く。「君と彼女に、いくつかの検査をしてみるのもいいのではないかと思っていたんだ。ふたりいっしょに」

アダムがひざをテーブルにぶつけそうな勢いで立ち上がった。「断る」

「ミスター・ケント――」キャッスルはいいかけた。

「何度いってもムダだ――」

「選ぶのは彼女だろう――」

「ここでその話はしたくない――」

わたしは飛び上がった。アダムはいまにもなにかを燃やしてしまいそうな勢いだ。両手を体の横で握りしめ、目は険しくぎらぎらしている。表情は張りつめ、体全体がエネルギーと不安で震えている。

「どうしたっていうの？」わたしはたずねた。

キャッスルは首をふっている。口を開いた相手は、わたしじゃなかった。「わたしはただ、彼女が君に触れたとき、なにが起こっているのかを知りたいだけだ」

「頭がおかしいんじゃないのか――」

「この検査は、彼女のためだ」キャッスルはつづけた。その声は慎重で、落ち着きはらっている。「君の進歩にはなんの関係もない――」

「進歩って？」わたしは横から口をはさんだ。

「彼女の力が無生物にどのような影響をあたえるのか、それを解明するのに協力しようとしているだけだ」キャッスルはつづける。「動物と人間に対する影響はわかった――その場合は一度触れるだけでじゅうぶんだ。植物は彼女の力にまったく影響されない。だが、ほかのものは？　きっと……違うはずだ。彼女はまだその力の扱い方をわかっていない。わたしは彼女に協力したい。われわれがやっているのはそれだけ、つまりミズ・フェラーズを助けることだけだ」

　アダムが一歩わたしに近づく。「ジュリエットが無生物を破壊する方法を見つける手助けをしようとしているんなら、なぜおれが必要なんだ？」

　一瞬、キャッスルが打ち負かされた顔をした。「じつは、よくわからない。君たちの関係の特殊性は――じつに魅力的だ。これまでにわかったことから考えれば――」

「なにがわかったの？」わたしはまた割りこんだ。

「――ありうることだ」キャッスルは話をつづける。「われわれのまだ知らない方法で、あらゆるものがつながっている、ということがありうる」

　アダムは納得できない顔をしている。唇をきつく結び、答えたくないみたいだ。

　キャッスルがこちらを向き、興奮した口調でいう。「どう思う？　興味をそそられないか？」

「興味をそそられる？」わたしはキャッスルを見た。「そもそも、なんの話かもわからないのよ。それより、どうしてだれもわたしの質問に答えてくれないの？　アダムのなにがわかったの？　どうかしたの？　なにか悪いところでもあるの？」アダムはまた荒い息をしていて、それを見せまいと両手を握ったり開いたりしている。「お願い、どうなってるのか、だれか教えて」

キャッスルは顔をしかめる。

わたしをまじまじと見て、首をかしげる。まるでわたしが何年も聞いたことのない言語をしゃべったかのように、顔をしかめる。「ミスター・ケント」キャッスルはわたしを見つめたまま呼びかける。「われわれの発見を、まだミズ・フェラーズに話していないということかな？」

「なにを発見したの？」心臓の鼓動が激しくなっている。痛いくらい。

「ミスター・ケント――」

「あんたには関係ない」アダムはぴしゃりといい返す。その声はひどく小さく、ひどく平板で、ひどく暗い。

「彼女は知るべき――」

「まだ、なにもわかっていない！」

「じゅうぶんわかっている」

「バカいうな。おれたちはまだ――」

「あとは、ふたりいっしょに受けてもらう検査が残っているだけ――」

アダムはまっすぐキャッスルの前に歩いていった。朝食のトレイをつかむ手には、少し力が入りすぎている。「まだ」とても慎重にいう。「そのときじゃない」

そして去ろうと背を向けた。

わたしは彼の腕に触れた。

彼が止まる。トレイを落とし、くるりとこちらを向く。ふたりの距離は1センチくらいしかなくて、わたしは人のたくさんいる部屋に立っていることを忘れてしまいそうになる。彼の息は熱く、呼吸は浅く、体が放つ熱でわたしの血はだんだん消えて、頬の赤みだけになる。

わたしのなかで、パニックが後ろ宙返りをしている。

「なにも問題はないよ」アダムはいう。「なにもかもうまくいく。約束する」

「でも――」

「約束する」アダムはもう一度いい、わたしの手をつかんだ。「誓うよ。おれがなんとかする――」

「なんとかするって？」わたしは夢を見ているんだと思う。死にかけてるんだと思う。

「なにを？」頭のなかでなにかが壊れ、なにかが起きている。わたしの許可もなく。

わからない。まるでわからない。わたしはすっかり混乱して、混乱の海で溺れそうになる。「アダム、わからな――」

「おいおい」ケンジがこちらにもどってくる。「こんなところでやるつもりか？　みんなの前で？　ここのテーブルは見た目ほど快適じゃないから――」

アダムは後ずさり、出ていくとちゅうでケンジの肩にぶつかった。

「だめだ」

アダムが姿を消す前に聞こえたのは、そのひと言だけだった。


ケンジが小さく口笛を吹いた。

キャッスルはアダムの名前を呼び、落ち着け、話をしよう、理性的に話し合おうといっている。アダムはふり向こうともしない。

「ほら、あいつ不機嫌だろ？」ケンジがぼやく。

「アダムは不機嫌なわけじゃない」自分の口から出た言葉なのに、わたしの唇から遠く切り離されて聞こえる。感覚が麻痺している。両腕が肉も骨もなくなって空洞になってしまったみたい。

わたしは声をどこに置いてきてしまったんだろう？　声が見つからない、わたしの声が。

「よし！　これで、ふたりきりだな」ケンジがパンと手を合わせる。「特訓の準備はできてるか？」

「ケンジ」

「なんだ？」

「アダムたちが行ったところへ連れてって」

ケンジは自分の顔を蹴れとでもいわれたかのように、わたしを見ている。「うーん、なんだ――そのリクエストには心から〝やだね〟といいたい。それでいいか？　おれはそれでいい」

「なにが起きてるのか知りたいの」わたしは必死の思いでケンジを見た。なんだかバカみたいだ。「知ってるんでしょ？　なにがまずいのか――」

「もちろん知ってる」ケンジはしかめっ面で腕組みをして、わたしと目を合わせる。

「おれはあいつと同室だし、ここの運営にも関わってるんだ。なんでも知ってる」

「じゃあ、なぜ教えてくれないの？　ケンジ、お願い――」

「うーん、いやだなあ。そいつはパスする。けど、こうしないか？　おれはあんたがこの食堂から出るのを助けてやる。ここじゃ、おれたちの話は全部みんなに聞かれちまう」最後のところを強調しながら部屋を見回し、ケンジは首をふった。「ほら、みんな、さっさと朝飯を食っちまえ。見世物じゃねえんだ」

わたしはそのとき初めて、みんなの注目の的になっていたことに気づいた。部屋じゅうの人がこっちを見て、目をぱちくりさせ、非難の目で、非難の目で、非難の目で、いったいどうしたんだといわんばかり顔をしている。わたしは弱々しい笑みを浮かべ、そわそわと手をふってから、ケンジに押されて食堂を出た。

「民衆に手をふる必要はない、プリンセス。戴冠式《たいかん》じゃねえんだ」ケンジはわたしを引っぱって、たくさんある長く薄暗い通路のひとつに入っていく。

「教えて」暗い照明に目が慣れるまで、何度かまばたきしなくてはならなかった。

「こんなのひどい――わたし以外の人はみんな知ってるのに」

ケンジは肩をすくめ、いっぽうの肩で壁にもたれた。「話せる立場じゃねえんだよ。ほら、おれはあいつをからかうのは好きだが、悪人じゃねえ。あいつから、なにもいうなって釘を刺されてる。だから無理だ」

「でも――これくらいはいいでしょ――アダムはだいじょうぶなの？　せめて、それくらいは教えて」

ケンジは片手で目をこすり、いらいらと息を吐く。そして鋭い視線を投げた。「わかったよ。脱線した列車を見たことあるか？」ケンジはわたしの返事を待たずにつづける。「おれはガキのころ、見たことがある。やたらと長い列車で、かぞえきれねえ数の車両がつながってた。それが完全に脱線してよ、半分は爆発してひでえ炎に包まれて、だれもが叫んでた。見てるほうは、わかってんだ。乗客はすでに死んでるか、もうすぐ死ぬかのどっちかだって。本当は見たくねえのに、目をそらせねえ。わかるか？」ケンジはうなずき、頰の内側をかんだ。「ちょうどそんな感じだ。あんたの彼氏はひどい脱線事故だ」

わたしは脚の感覚がなくなった。

「つまり、おれにはわからねえってことだ。個人的にどう思うかって？　あいつは大げさだと思う。もっと悪いことだって起きてんだ、だろ？　ったく、おれたちはもっとひでえことに首までどっぷりつかってんだ。そうだろ？　けど、ミスター・アダム・ケントは、そこんところをわかってないらしい。ろくに眠ってねえし。それに知ってるか」ケンジはそういって、かがみこんできた。「あいつのせいで、ジェイムズまで怖がるようになってきてる。正直いって、おれもいらいらしてきてる。ジェイムズみたいないい子を、兄貴のごたごたに巻きこみたくねえ――」

わたしはもう聞いていない。

考えられる最悪のシナリオが、最悪の結末が、頭のなかを駆けめぐる。アダムがみじめな死に方をして終わる恐ろしい展開が。アダムはきっと病気に違いない。それとも、なにか恐ろしい悩みをかかえているか、自分でも抑えきれないことをしてしまうようなものをかかえているに違いない。あるいは、ああ、神さま。

「ちゃんと話して」

自分の声に聞こえない。ケンジはこちらを見ている。驚いた顔で、目を見開き、顔にはまぎれもない恐怖が刻まれている。そこで初めて、わたしは彼を壁に押しつけていることに気づいた。10本の指が彼のシャツをつかみ、両手がシャツの布地を握りしめている。いまの自分がどんなふうに見えているのか、わたしには想像することしかできない。

いちばん怖いのは、自分がそれを気にもしていないこと。

「話すのよ、ケンジ。ぜったい話してもらう。わたしは知らなきゃならないの」

「ちょっと待った」ケンジは唇をなめて、あたりを見回し、神経質な笑い声を上げる。

「放してくれるだろ、な?」

「わたしに協力してくれる?」

ケンジは耳の後ろをかいて、少しとまどう。「ノーといったら?」

わたしは彼を強く壁にたたきつけた。アドレナリンが体じゅうを駆けめぐる。奇妙だけれど、素手で大地を引き裂けそうな気分だ。

それもかんたんに。軽々と。

「わかった――わかったって――ったく」ケンジは両手を上げたまま、少し呼吸が速くなっている。「とにかく――まず放してくれないか？　放してくれたら、そうだ、研究室へ連れてってやる」

「研究室？」

「ああ、検査をする場所だ。おれたちの検査は、全部そこで行われている」

「放したらちゃんと連れていくって約束する？」

「約束しなかったら、おれの頭を壁にたたきつけるつもりか？」

「たぶんね」わたしは嘘をつく。

「じゃあ、約束する。連れていく。ったく、勘弁してくれよ」

わたしは手を放して、後ろによろける。気持ちをしずめなきゃ。彼を放したら、ちょっと恥ずかしくなってきた。心のどこかで、やりすぎた気がしている。「ごめんなさい。でも、ありがとう。協力してくれてうれしい」少しはしっかりしようと、あごを上げてみせる。

ケンジは鼻を鳴らした。「こいつ、何者だ」という目でわたしを見ている。笑っていいのか、拍手すればいいのか、全力で逃げればいいのかわからないという顔だ。ケンジは首の後ろをさすり、わたしの顔を見据えている。いつまでも。

「なんなの？」

「体重は？」

「もう。出会った女の子みんなに、そういうことといってるの？　やっぱりね」

「おれは八十キロだ」

わたしはまじまじとケンジを見た。「ごほうびでもほしいわけ？」

「いや、いや、いや」ケンジは首をかたむけ、顔にかすかな笑みを浮かべている。

「うぬぼれてるのは、どっちだ」

「きっと、あなたの影響ね」

でも、ケンジはもう笑っていなかった。

「いいか。自慢じゃねえが、おれはあんたくらい、小指一本で部屋の向こうへ放り投げることもできる。軽々とだ。おれの体重は、あんたの二倍近い。……そのおれを、どうやってあんなふうに壁に押さえつけた？」

「え？」わたしは顔をしかめる。「なんの話？」

「あんたの話だ」ケンジはわたしを指さし、「さっき、おれを」今度は自分を指さし、

「壁に押さえつけただろ?」最後に壁を指さした。

「え、じゃあ、ほんとに動けなかったの?」わたしは目をぱちくりさせた。「ケンジはただ、わたしにさわるのを怖がってるだけだと思ってた」

「いいや。おれは正真正銘、動けなかった。ろくに息もできなかった」

わたしの目は信じられないくらい大きくなる。「からかってるんでしょ」

「いままで、ああいうことをやったことないのか?」

「ない」わたしは首をふる。「ていうか、ないと思うけど……」そこで、はっと息をのむ。ウォーナーの拷問室でのことが、一気に記憶の表面に浮かび上がってきた。次々に押し寄せてくるいろんな光景に、目を閉じてしまう。あのときの生々しい記憶に、がまんできない吐き気が襲ってくる。冷や汗がにじむのがわかる。ウォーナーはわたしを試した。よちよち歩きの幼児にわたしの力を使わざるをえない状況に追いこんだ。わたしはひどい恐怖とすさまじい怒りにかられ、コンクリートの壁をぶち破り、その向こうにいたウォーナーにつかみかかった。そして彼も壁に押さえつけた。ただ、そのときは、彼がわたしの力におびえていたなんて知らなかった。わたしがあまりに近いから、うっかり動いてさわられるのを恐れてるんだと思っていた。

わたしの誤解だったらしい。

「そうだ」ケンジはわたしの表情でなにかわかったらしく、うなずいた。「おれが考えていたのは、それだ。本当のトレーニングに入ったら、その生々しい感覚を覚えこまなきゃならない」そういって、意味ありげな視線をよこす。「その現象が起こるたびに」

わたしはうなずいているけれど、頭のなかは上の空だった。「ええ。わかった。でも、まずは研究室へ連れてって」

ケンジはため息をつき、お辞儀をしながら大げさに片手をふった。「お先にどうぞ、プリンセス」

いままで見たこともない通路をいくつも通っていく。

普通の廊下や棟を通りすぎ、わたしがふだん使っているトレーニングルームを通りすぎる。わたしはここに来て初めて、ちゃんと注意をはらって周囲を見ていた。急に感覚が研ぎすまされ、体全体がよみがえったエネルギーでうなっている。

電気が流れてる。

この隠れた施設全体が地下に作られている――広い洞窟のような横穴が何本もあって、それらをつなぐ通路がある。すべてのエネルギーは再建党の所有する秘密の蓄電装置から盗んだ電気などでまかなわれている。とても貴重な空間だ。キャッスルは以前こういっていた。設計に少なくとも十年、使えるようにするのにさらに十年かかった。また、そのころまでにキャッスルは、この地下世界で働くすべてのメンバーをなんとか集めてきた。彼がここのセキュリティにひどく厳しいのも、おかしなことがいっさい起きないように気を使うのも、よくわかる。わたしだって、なにも起こってほしくない。

ケンジが足を止めた。

わたしたちは行き止まりのような場所に来ていた――たぶん、オメガポイントのいちばんはずれだ。

ケンジがカードキーを引っぱり出す。そんなものを隠しているなんて知らなかった。ケンジの手が石に埋めこまれたパネルを探りあて、パネルを横に滑らせて開ける。なにか操作してからカードキーをかざし、スイッチを入れた。

壁全体がうなりを上げて目を覚ます。

いくつかの部分が分かれて移動し、やがて、わたしたちがやっと通れるくらいの穴があらわれた。ケンジに合図され、わたしも急いで穴に入る。ちらっとふり返ると、わたしの後ろで壁が閉じた。

両足が向こう側の床についた。

洞窟みたい。広々とした巨大な空間が、縦長の３つのスペースに区切られている。真ん中はいちばんせまく、通路として使われている。左右のスペースは、四角いガラスの部屋になっていて、細長いガラスのドアがついている。部屋を区切るのは透明な壁で——なにもかもが丸見え。電気のオーラがすべての空間を包んでいる。四角い部屋はどれも白い光と点滅する機械でまぶしい。巨大な空間全体に、脈打つエネルギーのかん高い音や低いうなりがひびいている。

ここには少なくとも２０の部屋がある。

左右にそれぞれ１０の部屋があり、視界をさえぎるものはなにもない。食堂で見たことのある顔がたくさんあって、何人かが機械にくくりつけられ、体に何本も針を刺されて、低く鳴るモニターがわたしにはわからない情報を伝えている。ドアは引き戸になっていて、開いては閉まり、開いては閉まり、開いては閉まる。言葉とささやきと足音、身ぶり手ぶりと生まれかけた考えが、空中に集まっている。

ここ。

あらゆることが起こる場所。

２週間前——わたしがここにやってきた翌日——キャッスルはいっていた。われわれの体に起きていることについて、かなりの見当がついている。われわれは長年にわたって幅広い研究を行ってきた。

研究。

極端に速いルームランナーのようなものの上を、息を切らしながら走っている人たちが見える。武器がずらりと並んだ部屋で銃に弾をこめている女の人がいる。まぶしい青い炎を放つものを握った男の人も見える。ある人は、水をいっぱいに入れた部屋のなかに立っている。ロープが高く積み上げられ、天井にも張りめぐらされ、あらゆる種類の液体や化学薬品、名前もわからない機械があって、わたしの頭は悲鳴を止められなくて、肺は燃えっぱなしで、限度を越えてる、越えてる、越えてる、越えてる。

無数の機械、無数の明かりにかこまれて、無数の部屋で無数の人がメモをとり、話し合い、数秒おきに時計を見る。わたしは前に進み出て、もっと近くで、でもまだ足りないくらいの距離で見つめる。すると、聞こえた。必死で聞くまいとしても、厚いガラスの壁のすぐ向こうから、また聞こえた。

低い、しわがれた、苦悶《くもん》の声。

その声が顔にぶつかってくる。お腹をなぐりつける。目の前の光景がとつぜん意味を持って、わたしの背中に飛びつき、皮膚で炸裂し、わたしの首を引っかき、わたしはありえない事実に窒息しそうになる。

アダム。

アダムだ。アダムがここに、ガラスの部屋のひとつにいる。上半身は裸。ストレッチャーに縛りつけられ、両腕両脚を固定されている。そばの機械からのびたワイヤーがこめかみ、額、鎖骨の下に貼りつけられている。アダムはきつく目をつむり、両手を握りしめ、歯を食いしばり、こわばった顔で叫び声をこらえている。

アダムになにをしているの？

なに？　なぜ？　なぜ彼を機械につなぐ必要があるのか、なぜ機械がずっと光を点滅させたりブザーを鳴らしたりしているのか、わからない。わたしは動けない。息もできない。自分の声を、手を、頭を、足を、思い出そうとする。そのとき、彼がびくっと動いた。

固定されたまま痙攣し、苦痛に耐え、やがて両の拳でストレッチャーのクッションをたたいた。苦悶の叫びが聞こえ、一瞬、世界が止まる。なにもかもがスローモーションになり、音は押し殺され、色はあせ、床が壁になったように感じられ、わたしは、ああ、本当に死ぬんだと思う。ここで急死するか、あるいは、

ここの責任者を殺す。

ふたつにひとつだ。

そのとき、キャッスルの姿が目に入った。キャッスルはアダムの部屋の隅に立ち、18歳の少年が苦痛に暴れるようすを、だまってなにもせずに見物している。ただ観察し、小さなノートにメモをとり、唇をとがらせて首をかしげている。首をかしげ、ブザーの鳴る機械のモニターをちらりと見るだけ。

わたしの頭にある考えが滑りこんできた。とても自然に、まるで当然のように、とてもあっけなく。

本当に、すごくかんたん。

キャ、キャ、キャ、キャッスルを殺す。

「ジュリエット――やめろ――」

ケンジに腰をつかまれた。二本の腕に鉄のベルトみたいに巻きつかれ、わたしはたぶん叫んでいる。いままで自分の口から出たことのない言葉を発している気がする。ケンジが落ち着けといっている。「だから、ここに連れてきたくなかったんだ――あんたはわかってねえ――誤解だ――」

それで、わたしは決意する。どうやら、ケンジも殺すことになりそうだ。愚かであることの罰だ。

「放して――」

「おれを蹴るなって――」

「あいつを殺す―」

「わかったから、大声で騒ぐな。わかったか？　そんなことをしたって、自分のためにならねえ――」

「放して、ケンジ、わたし、本気――」

「ミズ・フェラーズ！」

キャッスルが通路の奥に立っていた。アダムのいるガラスの部屋から一メートルくらい離れたところだ。部屋のドアは開いている。アダムはもう痙攣してはいないけれど、意識を失っているようだ。

激しい怒り。

いま、わたしにわかるのはそれだけ。目に映る世界は完全なモノクロで、破壊して征服するくらい、ひどくたやすいことに見える。これは、わたしの知っているどんなものにも似ていない怒り。むきだしの強大な怒りは、むしろ穏やかに感じられる。まるで、ようやく居場所を見つけたような、やっとわたしの体に居心地よくおさまったような感じがする。

わたしの体は、溶けた金属を流しこむ鋳型《いがた》になる。どろどろした焼けつく熱が全身に広がり、あふれた分が両手をおおい、わたしの拳に息をのむほどの強さと飲みこまれそうなほど激しいエネルギーを注ぎこむ。その勢いに、めまいがする。

わたしはなんでもできる。

なんでも。

ケンジの両腕がわたしから落ちた。わざわざ見なくても、彼がよろよろと下がるのがわかる。彼はおびえている。混乱している。そしてたぶん、動揺している。

そんなの、どうだっていい。

「ここにいたのね」わたしはキャッスルにいう。冷静な流れるような口調に、自分で驚く。「これが、あなたたちのしていることなのね」

キャッスルは近づいてきたけれど、そのことを後悔しているようだった。わたしの顔に浮かぶなにかに驚いている。口を開こうとしたキャッスルを、わたしはさえぎった。

「アダムになにをしたの？　彼になにをしているの――」

「ミズ・フェラーズ、たのむから――」

「アダムはあなたの実験材料じゃない！」わたしは爆発する。冷静さは消え、落ち着いた口調も消えて、また急に不安定になる。手の震えをほとんど止められない。「アダムを自分の研究に利用できると思ってるの――」

「ミズ・フェラーズ、たのむから、落ち着いてくれ――」

「バカなことといわないで!」ここでアダムが検査され、被験物のようにあつかわれ、いったいなにをされたのか、わたしには想像もつかない。

ここの人たちは、アダムを拷問している。

「君がこの部屋にそこまで反感を持つとは思わなかった」キャッスルは本音で話そうといわんばかりだ。理性的に。カリスマ性まで動員して。その反応に、ふと思う。いまのわたしは、どんなふうに見えているんだろう? キャッスルはわたしを恐れているのだろうか? 「オメガポイントで行われている研究の重要性を、君は理解していると思っていたのだが」キャッスルはいう。「研究なしでどうやって、われわれのような特殊な人間が生まれた原因を理解できるというのだ?」

「あなたたちは彼を傷つけてる――殺そうとしてる! いったいなにをした――」

「彼が協力を申し出てくれたこと以外、なにもしていない」キャッスルの声は固く、口元はこわばり、忍耐が切れかけているのがわかる。「ミズ・フェラーズ、もしわたしが個人的な実験のために彼を利用しているといいたいのなら、よく見てみるといい」最後のほうは声が上ずって、かなりいらいらしているのがわかった。そういえば、いままでキャッスルが怒るところを見たことがなかった。

「君がここで大変な思いをしているのは知っている」キャッスルはつづけた。「グループの一員という立場に慣れていないのもわかっている。だから、君がいったいなにを考えているのか理解しようと努めてきた――君がここの生活に適応できるよう力を貸そうとしてきた。だが、よく見ろ！」キャッスルはガラスの壁とその向こうの人々を指した。「みんな、同じだ。われわれは同じチームで働いている！　わたしがアダムにさせていることは、すべてわたし自身もしてきたことだ。われわれはただ、彼の超自然的な能力がどこに宿っているのか調べているだけだ。まず検査をしないことには、彼の能力を正確に知ることはできない」そこで、声が1オクターヴか2オクターヴほど低くなる。「それに、われわれには何年も待つという贅沢は許されない。彼がわれわれの目的に役立つかもしれない力をたまたま発見するまで、待っているわけにはいかないのだ」

それにしても、奇妙だ。

この怒りは単なる感情ではなくて、まるで実体があるみたいだ。

怒りがわたしの指に巻きつく。この巻きついた怒りをキャッスルの顔に投げつけることもできそうだ。怒りはわたしの背骨に巻きつき、胃に根を張って脚や腕に枝をのばし、喉にこみ上げてくる。わたしを窒息させようとする。怒りは外に出たがっているのだ。解放されたがっているのだ。いますぐに。

「あなたは」わたしはやっとの思いで、言葉を吐き出す。「自分が再建党よりマシだと思ってるの？　わたしたちを利用して――自分の活動のために、わたしたちを実験台にしているくせに――」

「ミズ・フェラーズ！」キャッスルが怒鳴る。目がかっと光って、まぶしい。そのとき、ふと気づいた。いつのまにか、地下トンネルの人たちがみんな、こちらを見ている。キャッスルは両手を握りしめ、歯を食いしばっている。わたしは背中にケンジの手を感じ、足元が揺れていることに気づいた。ガラスの壁が震えている。キャッスルはすべての中心にしっかりと立ち、激しい怒りと憤りをむきだしにしている。わたしは、彼がとてつもないパワーの持ち主であることを思い出した。

キャッスルは念じるだけで物を動かせるのだ。

彼が右手を上げ、手のひらを外へ向けると、一メートルほど離れたガラスのパネルが揺れはじめ、激しく震えた。いまにも粉々に割れそうだ。わたしは気づくと息を止めていた。

「わたしを怒らせないほうがいい」キャッスルの声は、目つきのわりにはかなり落ち着いていた。「わたしのやり方に反対なら、冷静にそういいたまえ。喜んで聞こう。だが、さっきのようないいかたは許さない。わたしが未来に抱く不安は、君が理解できる範囲をはるかに超えているかもしれないが、自分の無知をわたしのせいにするな！」キャッスルが右手をすとんと下ろすと、割れたガラスがたちまち元にもどった。

「わたしの無知？」わたしの息がまた荒くなる。「あなたが人に――こんなことをさせる理由を――」わたしは手をふって室内を示す。「わたしが理解できないのは、無知だからだというの――？」

「なあ、ジュリエット、もういい――」ケンジがいいかけた。

「彼女を連れていけ。訓練エリアへ連れて帰れ」キャッスルはそういうと、ケンジに不満げな視線を向けた。「それから君には――この件について後で話がある。いったいなにを考えているんだ？　彼女をここに連れてくるとは。彼女はまだこれを見ていい段階ではない――いまは自分自身さえ、ろくにコントロールできないんだぞ――」

　そのとおりだ。

　わたしはこんなことに対処できない。聞こえるのは、頭にひびく機械のブザー音だけ。見えるのは、薄いマットレスに力なく横たわるアダムの体だけ。わたしは自分の想像を止められない。彼がどんな目にあっていたのか、自分の特殊能力の原因を知るためだけにどんなことを耐えなければならなかったのか。なにもかも、わたしのせいだ。

アダムがここにいるのは、わたしのせい。彼が危険な目にあっているのは、わたしのせい。ウォーナーが彼を殺したがり、キャッスルが彼を検査したがっているのも、わたしのせいだ。わたしがいなかったら、彼はまだジェイムズと家で暮らしていただろう。家を破壊されることもなく、安全で快適に生活していたはず。わたしが彼の人生にもたらした混沌《こんとん》に飲みこまれてなどいなかったはずだ。

わたしが彼をここに連れてきた。彼がわたしに触れさえしなければ、こんなことにはならなかった。彼は健康でたくましいままで、苦しむことも、隠れることも、地下15メートルに閉じこめられることもなかっただろう。ストレッチャーに縛られてすごすこともなかっただろう。

~~わたしのせいだ、わたしのせいだ、わたしのせいだ、わたしのせいだ、~~全部わたしのせいだ。

わたしは折れる。

まるで体のなかに小枝がつまっているみたいに、体を曲げるだけで、全身が折れる。

わたしのなかのすべての罪悪感、怒り、失望、鬱屈《うっくつ》した攻撃性が出口を見つけ、抑えられない。エネルギーがいままで感じたことのない勢いで体を駆けぬけ、考えることもできない。それでも、なにかしなくてはいられない。なにかに触れなくてはいられない。わたしは拳を握り、両ひざを曲げ、片方の腕を後ろに引いて、

拳
で
床
を
突き
破った。

拳の下で床が割れ、わたしの体が反動で揺れる。反動は何度も繰り返して全身に広がり、ついには頭蓋骨が回転して、心臓が振り子となって肋骨にがんがん当たる。視力は弱り、焦点がぼやけ、視界をはっきりさせようと百回まばたきして見えたのは、足元できしむひび割れだけ。床を切り裂く細い線だけ。周囲のなにもかもが、急にバランスを失う。石はわたしたちの重みにうなり、ガラスの壁はガタガタ鳴り、機械は置かれた場所から動き、水は容器のなかで波立ち、人々は――

人々。

人々は恐怖と戦慄《せんりつ》で凍りつき、その顔に浮かんだ表情に、わたしは引き裂かれる。わたしは後ろに倒れながら、右の拳を胸に抱え、わたしは怪物じゃないと自分に思い出させようとする。怪物になる必要はない、人を傷つけたくない、傷つけたくない、傷つけたくない。

でも、うまくいかない。

だって、真っ赤な嘘だから。

わたしが助けようとしているのは、自分だったから。

まわりを見る。

地面を見る。

自分のしたことを見る。

そして、初めてわかった――わたしにはすべてを破壊する力がある。

キャッスルは立ちすくんでいる。

口をぽかんと開け、両手を体の横に力なく下ろし、不安と驚きとかすかな恐怖に目を見開いている。唇を動かしているけれど、声が出ていない。

　崖から飛び下りるなら、いまかもしれない。

　ケンジに腕をさわられてふり向き、わたしは自分が呆然としていたことに気づいた。わたしはずっと待っている。ケンジやアダムやキャッスルが、わたしに親切にするのは間違いだと気づくのを。最悪の形で終わることになると気づくのを。わたしにそんな価値はないと気づくのを。わたしなんて、ただの道具、ただの武器、ただの秘密兵器で、それ以上のなんでもないと気づくのを。

　ところが、ケンジはわたしの右の拳をやさしく自分の手で包んだ。わたしの肌に触れないように注意して、ぼろぼろになってしまった革の手袋をはずし、わたしの拳を見て息をのむ。皮膚は裂け、血だらけで、指は動かない。

　わたしは痛みに気づいた。

　まばたきすると火花が見えて、新たな苦痛がすごい勢いで全身を駆けぬけ、口もきけなくなる。

　わたしはあえぎ、

やがて
世界
が

消　え　た。

死の味がする。

なんとか目をこじ開けると、たちまち右腕に猛烈な痛みが走った。右手はガーゼの包帯でぐるぐる巻きにされ、指は5本とも動かせず、それがありがたい。疲れきって、泣く気力もない。

まばたきをする。

まわりを見ようとしても、首が曲がらない。

だれかの手が肩をかすめ、息を吐きたがっている自分に気づいた。また、まばたきする。もう一度。女の子の顔がぼんやりと見えたり見えなくなったりする。わたしはもっと見やすいように首を動かし、さらに何度かまばたきをする。

「気分はどう？」女の子がささやく。

「いいみたい」わたしはぼやけた顔に答える。でも、嘘をついている。「だれ？」

「わたし」女の子はとてもやさしく答える。顔ははっきり見えなくても、その声にこもったやさしさでわかった。「ソーニャよ」

やっぱり。

たぶん、セアラもいるんだろう。ここは医療棟に違いない。

「なにがあったの？　わたしはどれくらい気を失っていたの？」

ソーニャは答えない。聞こえなかったのだろうか？

「ソーニャ？」わたしは彼女と目を合わせようとする。「わたしはどのくらい眠っていたの？」

「ずいぶん具合が悪かったのよ。あなたの体には時間が必要だった――」

「どのくらい？」わたしの声はささやきくらい小さくなる。

「三日間」

わたしは背すじをのばしてすわったとたん、吐きそうになる。

さいわい、ソーニャはわたしに必要なものを前もって用意してくれていた。すぐにバケツが出てきて、わたしが胃のわずかな内容物を吐き出すのに間に合った。さらに、なにも出ないまま吐こうとしつづけ、いつもの服ではなく入院患者用のガウンにかがみこんでいると、だれかが熱い濡れタオルで顔をふいてくれた。湯気があんまり温かくて気持ちがいいので、わたしは一瞬痛みを忘れる。ふと、室内にもうひとりだれかがいることに気づく。

ソーニャとセアラがわたしの上にかがみこみ、熱いタオルでわたしの腕や脚をふきながら、心地よい声でいい聞かせてくれる。きっとよくなるわ、休息が必要なだけ、やっと食事ができるくらい長く目を覚ましていられたわね、心配しないで、心配することなんかなにもないわ、わたしたちがちゃんとお世話するから。

でも、そのとき、双子を近くで見て気づいた。

ふたりの手はラテックスの手袋に包まれている。わたしの腕には点滴の針が刺さっている。ふたりが急いで、でも慎重に世話をしてくれるのを見て、わたしは問題に気づいた。

治療者《ヒーラー》はわたしにさわれない。

治療者《ヒーラー》の双子にとって、わたしのようなケースは初めてだった。

怪我はいつも治療者《ヒーラー》が治してくれる。治療者《ヒーラー》は折れた骨を接ぎ、銃創を治療し、つぶれた肺を蘇生し、かなりひどい切り傷も治すことができる——わたしがこんなことを知っているのは、ここに着いたとき、アダムをストレッチャーで運びこまなくてはならなかったからだ。アダムはわたしと再建党の基地から逃げた後、ウォーナーとその部下に捕まって痛めつけられた。アダムの体からは一生傷跡が消えないと思っていたけれど、完璧に治った。傷ひとつない、まっさらな体になった。治療にかかった時間は、丸1日。それは魔法のようだった。

でも、わたしの治療に使える魔法はない。

奇跡もない。

ソーニャとセアラの説明では、わたしはかなり強度のショック状態だったらしい。わたしの能力が体に負荷をかけすぎてしまい、死なずにすんだことさえ奇跡だという。さらに、わたしは長いこと意識を失っていたので、そのあいだにほとんどの精神的ダメージは修復されたと思うといわれた。でも、それが本当なのか、わたしには確信が持てない。そういうダメージには、たくさんの治療が必要な気がする。わたしはとても長いあいだ、精神的ダメージを受けてきたんだから。ただ、少なくとも身体的な痛みはおさまった。ずっとずきずきしてはいるけれど、短い時間なら無視できる。

わたしはふと思い出した。

「以前、ウォーナーの拷問室に入れられたときと、アダムを助けようとして鋼鉄の扉を破ったときは――ぜんぜん――こんなふうにはならなかった――自分を傷つけるようなことはなかったのに――」

「そのことは、キャッスルから聞いたわ」ソーニャがいう。「でも、ドアや壁を破るのと、床も大地もまっぷたつに割るのとでは、ぜんぜん違う」そういって、ほほえもうとする。「断言してもいい。今回のことは、あなたが以前にしたこととはくらべものにならない。はるかに強力だった――あのとき、わたしたち全員が感じたくらいだもの。ほんと、爆発が起きたかと思ったわ。地下トンネルが、もう少しでくずれてしまうところだったんだから」

「そんな」わたしの胃は石になる。

「だいじょうぶよ」セアラがはげまそうとしてくれる。「そうなる前に、あなたはやめてくれたから」

わたしは息ができなくなる。

「あなたは知らなかったんだから――」ソーニャがいいかけた。

「もう少しで殺してしまうところだったのね――わたしはみんなを殺してしまうとこ

ろ――」

ソーニャは首をふる。「あなたには驚異的な力がある。それはあなたのせいじゃない。あなたは、自分になにができるのか知らなかったんだもの」

「わたしはあなたたちを殺していたかもしれない。アダムを殺していたかもしれない――わたしは――」あわててきょろきょろする。「彼はいる？　アダムはここにいるの？」

わたしを見てから、双子は顔を見合わせた。

咳ばらいが聞こえ、わたしははっとそちらを向く。

部屋の隅からケンジが出てきた。手をふり、ゆがんだ笑みを浮かべているけれど、目は笑っていない。「悪いが、あいつをここに近づけるわけにはいかねえ」

「なぜ？」たずねたものの、答えを知るのが怖い。

ケンジは目にかかった髪をはらいのけた。わたしの質問を考えている。「ええと、どこから始めればいいかな？」指を折ってかぞえる。「なにがあったか気づいたアダムは、おれを殺そうとしやがった。キャッスルに激怒して、医療棟から出ていくのを拒否して、食事も睡眠もとろうとしないもんだから――」

「お願い」わたしはケンジを止めた。目を固く閉じる。「もういい。やめて。無理」

「そっちが聞いたんだろ」

「アダムはどこ？」わたしは目を開ける。「だいじょうぶなの？」

ケンジは首の後ろをさすって、目をそらす。「そのうち、よくなるさ」

「彼に会わせて」

ケンジはため息をついて、双子のほうを向いた。「しばらく、ふたりにしてもらえないか？」双子はすぐに応じる。

「もちろん」とセアラ。

「かまわないわ」とソーニャ。

「ふたりだけで話して」双子はそろっていうと、出ていった。

ケンジは壁ぎわによけてある椅子からひとつをつかむと、わたしのベッドまで運んできて、腰を下ろした。片方のくるぶしをもう片方のひざにのせ、体を後ろにそらすと、両手を頭の後ろで組んで、わたしを見た。

わたしはベッドの上で体を動かし、彼がよく見える姿勢になる。「なに？」

「あんたはケントと話をする必要がある」

「ああ」わたしは息をのむ。「ええ、わかってる」

「わかってたのか？」

「もちろん」

「そいつはよかった」ケンジはうなずき、目をそらす。片足でせわしなく床を鳴らしている。

「なんなの?」少しして、わたしはたずねた。「なにを隠してるの?」

床を鳴らす音は止まったけれど、ケンジは目を合わせようとしない。左手で口をおおい、その手を下ろす。「あんたはまったくひでえことをしてくれた」

とつぜん、わたしは恥ずかしくなる。「ごめんなさい、ケンジ。本当にごめんなさい――まさか、あんなことになるなんて――知らなかったから――」

ケンジがこちらに向き直り、その目つきにわたしは動けなくなる。彼はわたしの気持ちを読もうとしている。見抜こうとしている。わたしにはわかる。わたしを信用できるかどうか判断しようとしている。怪物だという噂が本当かどうか、確かめようとしている。

「あんなこと、いままで一度もしたことがなかった」自分の小さい声が聞こえる。

「信じて――わざとじゃない――」

「本当か?」

「え?」

「質問がある、ジュリエット。本気で質問するからな」こんな真面目なケンジ、見たことない。「おれがあんたをここに連れてきたのは、キャッスルがそう望んだからだ。おれたちならあんたを助けられると、キャッスルが考えていたからだ。あんたが安全に暮らせる場所を提供できる、あんたを自分たちの利益のために利用しようとするくだらねえ連中から救い出せると思ったからだ。だが、ここに来たあんたは、なんにも関わりたくないように見える。他人とはしゃべらねえ。自分のトレーニングも進まねえ。要するに、なにもしねえ」

「ごめんなさい、本当に――」

「けど、おれは、あんたを心配しているというキャッスルを信じた。あんたはここに適応できていない、溶けこむのに苦労しているんだと、彼はいっていた。みんながあんたの悪い噂を聞いて、歓迎しようとしていないって。そいつはおれの責任でもあるし、あんたが気の毒だと思ったから、おれはキャッスルにいったんだ。手伝うってな。おれは自分のスケジュールを大幅に変え、あんたが問題を解決するのに協力することにした。あんたはいいやつなのに、ちょっとばかり誤解されてると思ったからさ。それに、キャッスルはおれの知ってる人間のなかでいちばん立派なやつだから、協力したかったんだ」

　わたしの心臓はすごい勢いで鼓動していて、血が噴き出さないのが不思議なくらい。

「で、悩んでるわけだ」ケンジは片方のひざにのせていた足を下ろした。前にかがんで、太ももに両ひじをつく。「すべてがただの偶然なんてことが、ありえるか？　おれがあんたに協力することになったのは、ただのとんでもない偶然か？　おれはあの部屋に入れるごくわずかな人間のひとりだ。そのおれと関わることになったのは偶然か？　それと、あんたがおれを脅して、研究室へ案内させたのも偶然だったのか？　そこで、あんたがたまたま、なにも知らずに地面をなぐり、壁がくずれるかと思うほどここをガタガタ揺らしたのも、偶然だってのか？」ケンジはわたしを見据えている。

「もし、あんたがあと数秒長くつづけていたら、この場所全体が崩壊していたかもしれなかったのも、偶然なのか？」

　わたしは目を丸くして、ぎょっと凍りつく。

　ケンジは前かがみの姿勢を元にもどした。下を向いて、2本の指を唇に押しあてる。

「本当にここにいたいのか？　それとも、おれたちを内側から崩壊させようとしているだけなのか？」

「は？」わたしは息をのむ。「まさか――」

「どっちかだと思うんだ。あんたは自分のやってることをちゃんとわかっているか

――つまり、見かけと裏腹にとことん卑劣な人間なのか――あるいは、自分のしていることをなにもわかっていなくて、ただアンラッキーなだけなのか。おれにはさっぱりわからねえ」

「ケンジ、誓ってもいい、わたしはぜったい――ぜ、ぜったいに――」そこで言葉をかみ殺し、あふれそうな涙をまばたきでこらえなくてはならなかった。あんまりだ、こんな気持ち。自分の身の潔白を証明する手立てがわからない。わたしのいままでの人生を、何度も何度も何度も再生しているようなものだ。みんなを説得しようとしてきた人生を。わたしは危険じゃない、だれも傷つけるつもりじゃなかった、こんなことになるなんて思わなかったの。わたしは悪人じゃない。

けれど、うまくいくわけない気がする。

「本当にごめんなさい」わたしはむせる。いつのまにか、涙がぽろぽろこぼれている。わたしは自分にうんざりする。違う人になろう、立派な人になろう、せめてまともな人になろうと一生懸命努力してきた。なのに結果は、またもやすべてを台なしにして、すべてを失っただけだ。誤解だと説明する方法すらわからない。

彼のいうとおりかもしれないから。

あのときわたしは、自分が怒っているのをわかっていた。キャッスルを傷つけたいと思っているのもわかっていた。けれど、かまわなかった。あの瞬間、わたしはそのつもりだった。怒りにかられたあの瞬間、わたしは本当に、本気でそうするつもりだった。あの場でケンジが止めてくれなかったら、なにをしていたかわからない。わからない。まったくわからない。自分にどんな力があるのかも、わからない。

~~いったい何度　頭のなかでささやく声がする　自分が自分であることをあやまるつもり？~~

ケンジのため息が聞こえた。椅子の上で身動きする音も。わたしはとても目を上げる勇気がない。それでも頬をごしごしふいて、自分の目に泣くのをやめてとお願いする。

「聞かなきゃならなかったんだ、ジュリエット」ケンジは決まり悪そうにいう。「泣かせて悪かった。だが、質問したことは悪いと思っちゃいねえ。常にここの安全を考えるのが、おれの仕事だ――そのためには、あらゆる角度から物事を見なきゃならないからな。あんたになにができるのかわかってる人間は、だれもいねえ。あんたさえ、わかっちゃいねえ。あんたはずっと、自分の能力なんか大したことないって態度をとろうとしているが、そんなのムダだ。自分は危険じゃないってふりをするのは、やめろ」

わたしはがばっと顔を上げる。「でも、わたしは――わたしは、だ、だれも傷つけようとなんかしてない――」

「そんなこたあ関係ねえ」ケンジは立ち上がる。「心がけは立派だが、そんなもんで事実は変わらねえ。あんたが危険なのは事実だ。ったく、とてつもなく危険なんだ。おれよりも、ここにいるだれよりも。だから、その事実が――それを知っていること自体が――おれたちにとって脅威なんだ。それくらいはちゃんと認めろ。ここに残るつもりなら、自分をコントロールする方法を――抑える方法を学べ。自分が何者かを知り、そういう自分と折り合いをつける方法を見つけ出せ。ほかのみんなみたいにな」

ドアが3回、ノックされた。

ケンジはまだわたしを見つめている。待っている。

「わかった」わたしは小声で答えた。

「それから、アダム・ケントとのメロドラマみてえな状況をなんとかしろ、早急にな」ケンジがつけたしたところへ、ちょうどソーニャとセアラが部屋にもどってきた。

「おれにはあんたとケントの問題につきあう時間も、エネルギーも、興味もねえ。ときどき、あんたをからかいたくなるのはなぜかってえと、ううん、正直いって」ケンジは肩をすくめる。「外の世界はどんどんひどくなってるし、おれは二十五になる前に撃たれて死ぬかもしれねえ。だからせめて死ぬ前に、笑うってのがどういうことか思い出しておきてえんだ。だからって、おれがあんたたちのピエロやベビーシッターになるって意味じゃねえぞ。つまるところ、あんたとケントがつきあうかどうかなんて、どうでもいい。ここには気にしなきゃならねえことがいくらでもあるし、どれもあんたたちの恋愛とは関係ねえ」少し置いて、たずねる。「わかったか？」

しゃべらないほうがいい気がして、わたしはうなずく。

「で、仲間になるか？」

もう一度、うなずく。

「あんたの口からはっきり聞きたい。仲間になるんなら、ちゃんとなれ。もう自分をあわれむのはやめろ。一日じゅうトレーニングルームにすわりこんで、鉄パイプを壊せないと泣いたりするのはやめろ――」

「なんで知ってるの――」

「仲間になるか？」

「なる」わたしははっきりいう。「仲間になる。約束する」

ケンジは深く息を吸いこんで、髪をかき上げた。「よし。明朝六時、食堂の外で会おう」

「でも、わたしの手――」

ケンジは手をふってさえぎった。「手はどうもなっちゃいねえ。じき回復する。骨折すらしてないんだ。指の付け根の関節をすりむいて、脳みそがちょっとばかし暴走したが、基本的には三日間眠ってただけだ。そんなもん、負傷とはいわねえ。いうなれば、ちょっとした休暇ってところか」そこで口をつぐんで、考える。「おれが最後に休暇をとって、どれくらいたつか知ってるか――」

「でも、いっしょに訓練するんでしょ？　手に包帯を巻いた状態じゃ、なにもできないんじゃない？」

「おれを信じろって」ケンジは肩をすくめて見せる。「ちゃんとできる。今度の訓練は……ちょっと違うもんになるからよ」

わたしはケンジを見つめる。待つ。

「そいつを、オメガポイントへの正式の歓迎と考えていい」

「でも――」

「じゃあ、明日。朝六時に」

わたしが口を開けてもうひとつ質問しようとすると、ケンジは唇の前に人さし指を立てた。そして2本指で敬礼すると、後ろ歩きで出口へ向かい、入れ替わりにソーニャとセアラが入ってきた。

わたしが見ていると、ケンジは双子にさよならの会釈して、片足でくるりと回り、ドアから出ていった。

朝6時。

壁の時計に目をやると、まだ午後2時だった。

ということは、午前6時まで、あと16時間。

つまり、たくさんの時間をつぶさなくてはならない。

それなら、着替えなきゃ。

ここから出たい。

どうしても、アダムと話をする必要がある。

「ジュリエット？」

はっとわれに返ると、ソーニャとセアラがこちらを見つめていた。「なにか持ってきましょうか？」ふたりはたずねる。「ベッドから出られるくらい、よくなった？」

わたしは一対の目からもう一対の目を見て、また最初の一対にもどると、質問に答えるどころか恥ずかしくてたまらず、もうひとりの自分にもどってしまう。わたしはおびえた少女。ずっと小さくなっていたい、だれからも忘れられてしまうまで。

「ごめんなさい、ごめんなさい、なにもかもごめんなさい、こんなことになって、こんなトラブルを招いて、こんなにめちゃくちゃにして、本当に、本当にごめんなさい――」

そういいつづけるのが聞こえるのに、自分を止められない。

まるで、頭のネジがはずれたみたい。ひたすらあやまりつづける病気にかかったみたい。すべてのことに対して、自分が存在することに対して、あたえられている以上のものを望んでしまうことに対して、あやまりつづける病気。わたしはあやまるのをやめられない。

それが、わたしのすること。

わたしはいつもあやまっている。永久にあやまっている。自分が自分であることを、自分が望んでなったわけじゃないことを、持って生まれたこの体のことを、わたしがほしがったわけでもないこのDNAのことを、こうなるしかなかったわたしという人間のことを。17年間、違う人間になろうとしてきた。来る日も来る日も、毎日。ほかのだれかのために、ほかのだれかになろうと努力してきた。

そんなことをしたって、どうにもならないのに。

双子が話しかけているのに気づいた。

「あやまることなんて、なにもないわ――」

「ね、だいじょうぶだから――」

ふたりとも話しかけてくるけれど、セアラのほうが近い。

わたしは思いきってセアラの目を見る。とてもやさしそうで驚いてしまう。穏やかなグリーンの目が、ほほえんで細くなっている。セアラはベッドの右側にすわる。わたしのむきだしの腕に、ラテックスの手袋をつけた手でぽんと触れる。怖がりもせず、ひるみもせず。ソーニャはセアラのすぐ隣に立って、心配そうにわたしを見つめている。わたしのことをかわいそうに思ってくれているみたい。でも、わたしはすぐにべつのことに気をとられた。部屋にジャスミンの香りが満ちている。初めてここに来たときと同じだ。わたしたちが初めてオメガポイントに着いたときも、アダムが怪我をしたときも、アダムが死にかけていたときも、そうだった。

瀕死の状態だったアダムを、この子たちが助けてくれた。わたしの前にいる、この

2人の女の子が。2人は彼の命を救ってくれて、わたしはこの2週間、2人と同じ部屋で生活している。それなのに。わたしはいままでなんて自分勝手だったんだろう。

だから、新しい言葉を試すことにする。

「ありがとう」

小さい声でつぶやくと、顔が赤くなるのを感じて、言葉や感情にとらわれてしまう自分にあきれる。気軽な冗談や、よどみない会話や、気づまりな沈黙をうめる意味のない言葉を交わすことができない自分に、あきれる。わたしには、「へえ」とか「ふーん」とか、文の初めや終わりに挿入する省略記号の入った戸棚がない。どうしたら動詞や副詞や修飾語になれるのか、わからない。わたしは徹底的に名詞だ。

人や場所やものや考えがぱんぱんにつまっていて、どうやって自分の頭から出せばいいのかわからない。どうやって会話を始めればいいのかわからない。

信じたいけれど、信じるのは皮膚をはがされるくらい怖い。

そのとき、ふと思い出した。キャッスルとの約束、ケンジとの約束、アダムのことも心配だ。たぶん、ここは危険を冒して、新しい友だちを作るべきかもしれない。そしてこう思う。女の子と友だちになれたら、どんなにステキだろう。ちょうどわたしみたいな女の子と。

いままで、女の子の友だちはひとりもいなかった。

だからソーニャとセアラがにっこりして、「喜んでお手伝いするわ」とか「いつでもここにいるから」とか、「話し相手がほしかったら、いつでもわたしたちがいる」といってくれたら、わたしはうれしいと答える。

本当に感謝してる、と答える。

おしゃべりする友だちがほしい、と答える。

たぶん、いつか。


「いつもの服に着替えましょう」セアラがいう。

ここは地下だから、空気はひんやりと冷たく、湿気が多いこともある。わたしたちの頭上では、冬の風が容赦なく世界に吹きつけ、服従させている。服を着ていても寒い。とくに早朝は。とくにいまは。ソーニャとセアラの手を借りて、いつもの服に着替えようと入院着をぬいだとき、寒くてぶるぶる震えた。ふたりが背中のファスナーを閉めてくれて、やっと特殊な布地が体温に反応しはじめる。それでも、わたしは長いあいだベッドにいたせいでかなり弱っていて、まっすぐ起きているのにも苦労する。

「本当に、車椅子なんて必要ないってば」わたしはセアラにいう。もう三回目だ。

「ありがとう――本当に――か、感謝してる」言葉がつっかえる。「でも、脚の血のめぐりをよくしたいの。自分の足で立って強くならなきゃ」わたしは強くならなきゃいけない、ピリオド。

わたしの部屋で、キャッスルとアダムが待っている。

ソーニャが教えてくれた。わたしがケンジと話しているあいだに、ソーニャはセアラとふたりで、わたしが目覚めたことをキャッスルに報告しにいったのだ。というわけで。いま、そこにキャッスルとアダムがいる、わたしを待っている。わたしがソーニャとセアラと生活している部屋で。わたしはどうなるのか怖くて、自分の部屋への行き方を都合よく忘れてしまいそうな気がする。これから聞かされるのがいい話でないことは明らかだから。

「ひとりで部屋まで歩いていくなんて無理よ」セアラがいう。「自分の足で立つのもやっとなのに――」

「だいじょうぶ」わたしはほほえもうとする。「本当に。壁づたいに歩いていけば、ちゃんとたどりつけるわ。体を動かしはじめれば、すぐ回復するってば」

ソーニャとセアラはちらっと目を交わすと、わたしの顔をまじまじと見て、「手は？」とふたり同時にたずねた。

「問題ない」今度はもっと力強く答える。「だいぶよくなってる気がする。本当よ。いろいろありがとう」

切り傷はほとんど治っていて、ちゃんと指を動かせる。双子が手に巻いてくれた、いままでより薄い新しい包帯を調べてみる。損傷のほとんどは精神的なものだったといわれた。なんだか、自分にあたえられた~~呪い~~〝能力〟にかかわる体内の見えない骨みたいなものに、打撃をあたえたらしい。

「わかったから、行きましょう」セアラが首をふっていう。「部屋まで送っていくわ」

「いいってば――お願い――だいじょうぶだから――」わたしは抵抗しようとしたけれど、双子に両腕をつかまれていて、ふりはらう力がない。「こんなことしてもらわなくても――」

「バカなこといわないの」双子が同時にいう。

「あなたたちの手をわずらわせたくない――」

「バカなこといわないの」双子はまた同時にいう。

「わたし――本当に――」けれど、双子はすでにわたしを支えて部屋を出て、廊下を歩きだしている。わたしはふたりにはさまれて、足を引きずりながら歩いている。

「本当にだいじょうぶだってば。本当に」

ソーニャとセアラは意味深な視線を交わすと、わたしにほほえみかけた。けっしてそっけない笑みではなかったけれど、気づまりな沈黙のなかで、わたしたちは廊下を進んだ。わたしは人とすれ違うたびに、さっと下を向く。いまはだれとも目を合わせたくない。今回の被害についてどんなことを聞いているのか、想像もできない。みんながわたしに抱いていた最悪の恐怖に自分が確信をあたえてしまったことは、わかっている。

「みんながあなたを怖がってるのは、あなたのことを知らないからよ」セアラが穏やかにいう。

「そうよ」ソーニャがつけたす。「わたしたちはあなたのことを少ししか知らないけど、それだけであなたがすばらしい人だってことはわかるもの」

わたしは真っ赤になる。羞恥心って、どうしていつも血管を氷水が流れるような感じがするんだろう？　肌はかっかと熱いのに、体のなかは凍っている。

~~わたしは、これが大きらい。~~

~~この感覚、大きらい。~~

ソーニャとセアラが立ち止まった。「ほら、着いた」と声をそろえる。

わたしたちの部屋の前だった。腕をふりほどこうとして、双子に止められる。わたしが無事になかに入るのを確かめるまで、ふたりはいっしょにいるという。

わたしは双子に付き添われている。

そして、部屋のドアをノックする。ほかに、どうしていいかわからないから。

一度。

二度。

運命が答えてくれるのを待つほんの二、三秒、そんなわずかな時間に、わたしははっと気づいた。ソーニャとセアラがそばにいる。わたしにほほみかけ、元気づけようと、支えようと、はげまそうとしてくれている。わたしに力を貸そうとしてくれている。これからわたしが直面することが、楽しいことではないと知っているから。

そう思ったら、楽しくなってきた。

ほんの一瞬だけど。

だって、わくわくする。友だちがいるって、こういうことなんだ。

「ミズ・フェラーズ」

キャッスルが、ちょうど顔が見えるくらいにドアを開けた。わたしにうなずく。わたしの怪我をした手を見て、またわたしの顔を見る。「じつによろしい」ほとんど独り言のようにいう。「よかった、よかった。君がよくやってくれているのを見て、うれしいよ」

「ええ」わたしはなんとか返事をする。「あの――あ、ありがとう、わたし――」

「ふたりとも」キャッスルはソーニャとセアラに、明るい本物の笑顔を向ける。「ありがとう。じつによくやってくれた。ここからは、わたしが引き継ごう」

双子はうなずくと、わたしを放す前にそれぞれぎゅっと腕を握ってくれた。わたしは一瞬ふらついただけで、ひとりでちゃんと立てた。「わたしはだいじょうぶ」こちらに手をのばそうとする双子にいう。「すぐ元気になるわ」

双子はまたうなずくと、小さく手をふって、もどっていった。

「入りたまえ」とキャッスル。

わたしは彼の後ろから部屋に入った。


壁ぎわに、二段ベッドが1台。

反対側の壁ぎわに、シングルベッドが1台。

この部屋にあるのは、それだけ。

ほかには、アダムがいて、わたしのシングルベッドにすわり、ひざに両肘を置いて頬杖をついている。キャッスルがわたしたちの後ろでドアを閉めると、アダムは驚いて立ち上がった。

「ジュリエット」アダムはただわたしを見ているんじゃない。わたしのすべてを見ている。彼の目がわたしの全身をチェックする。まるで、わたしがまだ壊れていないか確かめるように、両腕、両脚、そのほかのすべてをチェックする。やがてその目がわたしの顔にたどりつき、やっと目が合う。わたしは彼の瞳の青い海に足を踏み出し、飛びこんで、溺れる。だれかに拳で肺をつぶされ、酸素を全部奪われてしまったみたい。

「まあ、かけたまえ、ミズ・フェラーズ」キャッスルはソーニャの使っている二段ベッドの下の段を指した。アダムがすわっているベッドの向かい側だ。わたしはゆっくり歩いていく。頭がくらくらしているのも、吐き気を感じているのも、表に出さないように気をつける。でも呼吸による胸の動きは速いままだ。

わたしは両手をひざの上にのせた。

この部屋のアダムの存在が、重い現実となって胸にのしかかってくる。けれど、わたしは自分の手に丁寧に巻かれた新しい包帯を調べてしまう――伸縮性のあるガーゼが右手の指のつけ根の関節をしっかりおおっている――臆病で顔も上げられないから。

本当は彼のそばへ行きたい、抱きしめてほしい、わたしの知っているいちばん幸せな瞬間へ連れていってほしい。でも、なにかがわたしの心の奥底をかじり、わたしの内側をひっかき、なにかがおかしいとうったえている。たぶん、いまいる場所にじっとしているのがいちばんいい。

キャッスルはふたつのベッドのあいだに、わたしとアダムのあいだに、立っている。壁を見つめ、両手を後ろで組んでいる。やがてゆっくり口を開いた。「君の行動には、じつに、じつに落胆している、ミズ・フェラーズ」

ひどい恥ずかしさが熱をもって首を這い上がり、わたしの顔をまた下へ向けてしまう。

「ごめんなさい」

キャッスルは大きく息を吸いこんで、ゆっくりゆっくり吐く。「正直にいうが、わたしはまだ、あの出来事について話し合う心の準備ができていない。まだ動揺していて、あの件については冷静に話せない。君の行動は」キャッスルはつづける。「子どもじみていた。自己中心的で、思慮を欠いていた！　君のまねいた損害は――あの部屋の設計と建設にそそぎこんだ何年もの仕事を、いや、なんといえばいいのか――」

キャッスルは自分を抑え、言葉をのみこむ。

「その件は」彼の口調は落ち着いていた。「また、いずれ話そう。おそらく、ふたりだけで話したほうがいいだろう。今日ここに来たのは、ミスター・ケントに呼ばれたからだ」

わたしは顔を上げる。キャッスルを見る。アダムを見る。

アダムは逃げ出したがっているように見える。

これ以上、待っていられない。「彼のことで、なにかわかったんでしょ」質問ではなく、事実としていう。だって、明らかだから。アダムがわたしと話すのにキャッスルを呼ぶ理由は、ほかにない。

なにか恐ろしいことが、すでに起きてしまったから。なにか恐ろしいことが、いまにも起きそうだから。

わたしはそれを感じとれる。

アダムはいま、じっとわたしを見ている。まばたきもせず、握りしめた両手を太ももに強く押しつけて。不安そうだ。おびえている。わたしは彼を見つめ返すよりほかに、どうしていいかわからない。どうしたら彼を安心させてあげられるのか、わからない。もう、ほほえみ方すらわからない。まるで、他人の物語に閉じこめられてしまったみたい。ほかのだれかの〝それからは不幸に暮らしましたとさ〟の世界にいるみたい。

　キャッスルは、ゆっくりと一度、うなずく。

「ああ。そうとも、ミスター・ケントの能力について、非常に興味深い特性がわかった」キャッスルは歩いていって壁にもたれ、わたしにアダムがよく見えるようにしてくれた。「なぜ彼が君に触れることができるのか、われわれはその理由をつきとめたと思っている、ミズ・フェラーズ」

　アダムは顔をそむけ、片方の拳を口に押しつけた。手が震えているように見えるけれど、少なくとも、わたしよりはうまくやっている気がする。わたしはというと、内臓が悲鳴を上げ、頭は燃え、パニックが喉を駆けのぼってきて、窒息しそうになっている。悪い知らせは、いったん受け取ったら返却できない。

「それはなに？」わたしは床を見据え、石をかぞえ、音をかぞえ、ひびをかぞえ、無をかぞえる。

1
2、3、4
1
2、3、4

1

2、3、4

5、6、7、8、百万回まばたきして、わたしは混乱する。わたしの数字が全部、音を立てて床に落ち、足し算をしたり、引き算をしたり、かけ算をしたり、割り算をしたりする。

「彼は……能力を奪うことができるんだ」キャッスルが答えた。

「はあ？」

この知らせは間違っている。だって、ぜんぜん恐ろしく聞こえない。

「じつは、本当にたまたま発見されたんだ。これまでアダムに実施してきた検査では、ほとんど成果がなかった。ところがある日、トレーニング中、アダムがわたしの注意を引こうとして、わたしの肩にさわった」

ちょっと待って。

「すると……とつぜん」キャッスルは息を吸いこんだ。「わたしの念力が利かなくなったのだ。まるで——まるで体のなかのワイヤーがぷつんと切れてしまったかのようだった。わたしはすぐそれを感じた。アダムはわたしの注意を引きたくて、自分に注意を向けさせようとして、無意識にわたしの能力を遮断したのだ。そんな能力は初めてだ」キャッスルは首をふる。「われわれはいま、アダムが自分の意思でその能力をコントロールできるか検証している。そして、もうひとつ知りたいのは」

　キャッスルは興奮した口調でつけ足した。

「彼が離れた相手にその能力を投射できるかどうかだ。ミスター・ケントの能力は、肌の接触を必要としない――彼に腕をさわられたとき、わたしは上着を着ていたからね。つまり、すでに離れた相手に対して力を使っているわけだ。まあ、離れているといっても、かなり近いが。そこでわたしはこう思っている。訓練を積めば、その力を発揮するエリアを大幅に広げられるはずだ」

　それってどういうこと？

　わたしはアダムと目を合わせようとする。その口から直接聞きたいのに、彼は顔を上げようとしない。口をきこうともしない。どういうこと？　悪い知らせとは思えないし、それどころかとてもいい知らせに聞こえる。でも、そんな感じじゃない。わたしはキャッスルのほうを向いた。「それじゃ、アダムはただ他の人の能力を――才能を――どんなものでも――ただ止めてしまえるってこと？　スイッチを切るみたいに？」

「ああ、そのようだ」

「ほかにも、だれかに試してみた？」

キャッスルは気を悪くしたようだった。「当然だ。オメガポイントのあらゆる能力を持つメンバーに試してみた」

けれど、なにかおかしい。

「アダムがここに到着したときは？　あのとき、彼は怪我をしていたでしょ？　双子の女の子たちは、ちゃんと彼を治療できたじゃない？　どうしてあのとき、彼はふたりのスイッチを切らなかったの？」

「うむ」キャッスルはうなずき、咳ばらいをした。「そこなんだ。鋭いな、ミズ・フェラーズ」キャッスルは部屋の端から端へ歩いている。「この点については……説明が少々複雑になる。くわしく調べた結果、こういう結論に至った。彼の能力は一種の……〝防御反応〟だ。彼はこの点についても、まだコントロール法を見つけていない。生まれてからずっと、自動的に発動していた力らしい。ただし、他人の超自然的な能力を利かなくするためだけに働く。なにか危険がある場合、つまりミスター・ケントがどんな種類であれ危機にさらされたり、体が警戒態勢をとったり、脅威を感じたり、怪我をする危険を感じたりすれば、その能力が自動的に発動する」

キャッスルは言葉を切って、わたしを見る。しっかり見る。

「例えば、君が初めて会ったとき、ミスター・ケントは兵士として働いていて、常に警戒し、周囲の危険に注意をはらっていた。つまり、常に〝エレクトリクム状態〟――エネルギーが〝オン〟の状態にあることを、われわれはそう呼んでいる――にあった。絶え間ない危険にさらされていたせいだ」キャッスルは両手を上着のポケットにつっこんだ。「一連の検査で、エレクトリクム状態のときは体温が上がることもわかった。平熱より二度ほど上がる。体温の上昇は、エレクトリクム状態を維持するため、ふだんより多くのエネルギーを使っていることを示している。つまり、このように常にエネルギーを使っているため、彼は消耗しているのだ。防御能力、免疫、自制力が弱っているのだ」

体温の上昇。

それで、ふたりでいるとき、アダムの肌はいつもあんなに熱かったんだ。それで、わたしといるときは、いつもあんなに張りつめていたんだ。おたがいの能力が戦っていたから。彼のエネルギーが、わたしのエネルギーを弱めるために働いていたから。それで彼は消耗していた。身を守る力が弱っていた。

でも。

まさか。

「君とミスター・ケントの身体的接触については」キャッスルはいう。「もちろん、わたしが口を出すようなことではない。しかし、君たちのじつに特殊な才能は、純粋に科学的な意味で非常に興味深いと思っている。これだけはわかってほしい、ミズ・フェラーズ。わたしがこうした新事実に魅了されているのは確かだが、喜んでなどいない。あの事件で、君がわたしを人格的にあまり評価していないのはよくわかった。しかし、信じてくれ。わたしはけっして君の問題を楽しむような人間ではない」

わたしの問題。

わたしの問題が、この会話に遅刻して華麗に到着した。身勝手な獣のように。

「お願い」わたしは小さい声でいう。「お願いだから、なにが問題なのか教えて。問題があるんでしょ？　なにかまずいことがあるんでしょ」アダムを見ても、彼は相変わらず目をそむけ、壁を見たりしている。いろんなものに目をやっても、わたしの顔だけは見ない。わたしは思わず、彼の注意を引こうと立ち上がる。「アダム？　知ってるの？　キャッスルがいおうとしていることを、アダムは知ってるの？　ねえってば――」

「ミズ・フェラーズ」キャッスルがすばやく口をはさむ。「たのむから、すわってくれ。君がつらいのはよくわかるが、最後までいわせてくれ。わたしがミスター・ケントに、すべての説明が終わるまで口を出さないようにたのんだのだ。この事実を、だれかが冷静に正確に伝えなくてはならない。あいにく、その役目に彼は適任とはいえない」

わたしはベッドにどすんとすわりこむ。

キャッスルは息を吐いた。「君はさっき、じつに鋭い指摘をした——ミスター・ケントが最初にここに来たとき、双子の治療者《ヒーラー》と交流できたことについてだ。しかし、あのときは状況が違った。彼は弱っていて、自分に助けが必要だとわかっていた。彼の体は、ああいう医療行為を拒まない——さらに重要なことは、拒めなかったのだ。あのときの彼は脆弱《ぜいじゃく》で、たとえそういう意思があったとしても、自分の身を守ることはできなかった。ここに到着したときには、力を使い果たしていた。安全だと感じ、助けを求めていた。彼の体はさし迫った危機を脱していて、だからこそ恐怖を感じることはなく、防御反応も起こさなかったのだ」

キャッスルは顔を上げ、わたしの目を見る。

「ミスター・ケントは、君に対しても同じような問題を感じはじめている」

「え？」わたしは息をのむ。

「残念ながら、彼はまだ自分の能力をコントロールする方法を知らない。われわれが解明できるといいのだが、それには膨大な時間がかかる――膨大なエネルギーと気力も――」

「どういうこと？」そうたずねる自分の声が聞こえた。その言葉には動揺がにじんでいる。「アダムがわたしに対して、同じような問題をすでに感じはじめているって？」

キャッスルは小さく息をつく。「それは――つまり、彼は君といっしょにいるときが、いちばん弱くなるらしいんだ。君と長い時間をすごすほど、彼は脅威を感じなくなる。君と……親密になるほど」キャッスルはひどく気まずそうにいう。「自分の体をコントロールできなくなる。……彼は君に対して、非常にオープンで、非常に無防備だ。そのせいでときどき防御反応が利かなくなり、そういうときに君に触れられるとはっきり苦痛を感じる。そういうことが、すでに起きているのだ」

そうだったんだ。

わたしの頭が床に転がり、ぱかっと割れて、脳漿《のうしょう》が周囲にこぼれだす。いや、そんな、無理。わたしはただすわっている。衝撃を受け、呆然とし、少しめまいがする。

ショックだった。

アダムはわたしとの接触に免疫があったわけじゃないんだ。

本当はわたしから身を守らなきゃならなくて、そのせいで消耗していたんだ。わたしは彼を病気にさせ、体を弱らせてしまう。もしも、彼がまた防御反応を解いてしまったら。もしも、彼が忘れてしまったら。もしも、うっかりしたり、集中力がとぎれたり、特殊な力を使ってわたしの能力を抑えているという事実を意識しすぎてしまったら――

わたしは彼を傷つけてしまうかもしれない。

殺してしまうかもしれない。

キャッスルはじっとこちらを見ている。

わたしの反応を待っている。

わたしはというと、ひとつの文を書けるだけのチョークを、口から吐き出せずにいる。

「ミズ・フェラーズ」今度は、勢いこんでいう。「われわれはミスター・ケントとともに、彼が自分の能力をコントロールする方法を研究している。彼はこれから訓練することになる――ちょうど君と同じように――彼特有の能力を発動させる方法を学ぶのだ。彼が君といっしょにいても安全だという確信が持てるまで、しばらく時間がかかるだろう。だが、心配はいらない、保証する――」

「いや」わたしは立ち上がる。「いや、いや、いや、いや、いや」横にふらつく。「いや！」

わたしは足元を見つめ、両手を見つめ、壁を見つめ、叫びたくなる。駆けだしたい。がっくりと両ひざをついてしまいたい。この世界を呪いたい。わたしを呪う世界を、わたしを苦しめる世界を、わたしの知っているただひとつの良きものを奪う世界を。わたしはふらふらとドアへ向かう。出口を求め、わたしの人生という悪夢からの脱出口を求めて。

「ジュリエット――たのむ――」

アダムの声に心臓が止まる。わたしは無理にふり返り、彼と向き合う。けれど目が合った瞬間、彼の口はしっかり閉じてしまう。彼は3メートル離れたところから腕をのばして、わたしを止めようとしている。わたしは泣きたい気持ちと笑いたい気持ちに襲われる。すごくおかしい。

この先、彼はわたしに触れない。

この先、わたしは彼に触れさせない。

もう二度と。

「ミズ・フェラーズ」キャッスルがやさしく声をかける。「いまはさぞかしつらいだろう。だが、さっきもいったように、この状況は永久につづくわけではない。じゅうぶん訓練を積めば――」

「わたしに触れることは」アダムに問いかけるわたしは、涙声になっていた。「あなたにとっては大変なことなの？　体力を消耗することなの？　わたしのこの能力と絶えず闘わなきゃならなくて、くたびれ果ててしまう？」

アダムは答えようとする。なにかいおうとするけれど、けっきょくなにもいわず、それがよけいにつらい。

わたしはくるりとキャッスルのほうを向いた。「そういうことなんでしょ？」声がさらに震えて、いまにも泣きそうになる。「わたしのエネルギーを消すために彼がエネルギーを使ってるってことでしょ。そして、もしそれを忘れたり――もしわれわれを忘れてしまったり、無防備になったりすると――わたしは彼を傷つけてしまう可能性がある――ていうか、すでに傷つけてる――」

「ミズ・フェラーズ、落ち着いて――」

「質問に答えて！」

「確かに、そのとおりだ」キャッスルはいう。「少なくとも、現時点で、われわれにわかるのはそれだけ――」

「ああ、そんなの、わたし――わたし――」ふたたびよろけながらドアへ向かう。けれど脚はまだふらつき、頭はくらくらしたままで、視界はぼやけ、世界からすべての色が消えていく。そのとき、なつかしい腕が腰に巻きついて、わたしを後ろに引っぱった。

「ジュリエット」彼は必死でうったえかける。「待ってくれ、ちゃんと話し合いたい――」

「放して」わたしの声はため息に近い。「アダム、お願い――わたしにはできない――」

「キャッスル」アダムがさえぎった。「少しのあいだ、ふたりだけで話をさせてもらえないか？」

「あっ」キャッスルは驚き、一拍遅れて「もちろん」と答える。「もちろん、いいとも。いいにきまっているじゃないか」彼はドアまで歩いていき、そこでためらった。「わたしは――ええと、よし。こうしよう。わたしのいるところは知っているね。用意ができたら呼んでくれ」そういってわたしたちふたりにうなずくと、わたしにこわばった笑みを見せ、部屋を出ていった。キャッスルの後ろで、ドアがカチャリと閉まる。

ふたりのあいだの空間に、沈黙が流れこんだ。

「アダム、お願い」わたしはついに口を開き、こんなことをいう自分がいやになる。

「放して」

「放さない」

首の後ろに彼の吐息を感じる。彼の間近にいると、死ぬほどつらい。彼がわたしの人生にもどってきたとき、わたしが後先考えずに壊してしまった壁をまた作らなくてはいけないと思うと、死ぬほどつらい。

「話し合おう。どこへも行かないでくれ。たのむ。おれと話をしてくれ」

わたしはその場に立ちすくむ。

「たのむ」今度はやさしい口調で、わたしの決意はわたしを置いてドアから出ていってしまう。

アダムにつづいてベッドのほうへもどる。彼はベッドに腰をおろす。わたしはもう片方のベッドにすわる。

彼はわたしをじっと見る。その目は疲れきって、ひどく険しい。何週間も、じゅうぶんな食事と睡眠をとっていないみたい。しばらくためらい、唇をなめてからぎゅっと口を閉じ、それから話しだした。「すまない。いままでだまっていて、本当にすまない。君を動揺させたくなかったんだ」

わたしは笑いたくなる。笑って、笑って、涙で自分が溶けてしまうまで。

「アダムが話してくれなかった理由はわかる」わたしは小さな声でいう。「よくわかる。こうなることを避けたかったんでしょ」わたしは片手で力なく室内を指す。

「怒ってないのか？」彼の目は痛いほど期待に満ちている。いまにも近づいてきそうな顔をしているから、わたしは片手を前に出して彼を止めなくてはならなかった。

わたしは文字どおり必死で、笑顔を作る。

「怒るわけないでしょ。研究室であんな目にあってまで、自分の身に起きてることを解明しようとしてるのに。アダムはいま、苦痛と闘って、この状態をなんとかする方法を見つけようとしてるんでしょ」

彼はほっとしたようだった。

安堵と、とまどいと、喜んでいいのかという不安を、同時に感じている。「じゃあ、どうして」アダムはいった。「泣いているんだ？　なにもいやなことがないなら、なぜ泣いているんだ？」

今度は実際に笑った。わたしは声を上げて笑った。げらげら笑って、しゃっくりが出て、死にたくなる。ものすごく。「なぜって、状況を変えられるかもしれないと思っていた自分がバカだったって、わかったから。あなたと出会えて幸運だったとか、わたしの人生はこれまでよりよくなるかもとか、いままでの自分よりいい自分になれるかも、なんて思ってたわたしがバカだった」また口を開こうとしたけれど、代わりに片手を口に押しつける。自分のいおうとしていることが信じられないみたいに。わたしは喉につまった石ころを無理やりのみこみ、片手を下ろした。「アダム」その声はひどく痛々しい。「こんなの、うまくいくわけない」

「え?」アダムは凍りつき、目を見開いて、胸を大きく動かして早く荒い呼吸をする。「どういうことだ?」

「アダムはわたしにさわれない。あなたはわたしにさわれない。わたしはすでにあなたを傷つけてる――」

「違う――ジュリエット――」アダムは立ち上がって、そばに来た。わたしの横で両ひざをつき、わたしの手に手をのばす。でも、わたしは自分の手をさっと引いた。手袋が研究室のあの事件でぼろぼろになってしまって、いまは手がむきだしになっているから。

危険だから。

アダムは顔を引っぱたかれたみたいに、後ろに回したわたしの両手を見つめている。

「なにをしてるんだ?」そうたずねる彼は、わたしを見ていない。まだじっとわたしの手を見ている。ほとんど息もしないで。

「だめ」わたしは強く首をふる。「わたしのせいで、アダムが傷ついたり弱ったりするなんて、いや。あなたにいつも心配をかけるなんて、いやなの。うっかりわたしに殺されるかもしれないなんて――」

「違うんだ、ジュリエット、おれの話を聞いてくれ」アダムは必死に目を上げて、わたしの表情を探っている。「おれも不安だったんだ、わかるだろう? おれだって不安だった。すごく不安だった。このことを打ち明けたら――たぶん――わからないけど、たぶん悪いことになるだろうって。もしかしたら、おれたちはうまくやっていけなくなるかもしれないって。それでも、おれはキャッスルに話した。彼と話をして、なにもかも説明したら、こういわれた。それなら、自分の力をコントロールする方法を身に着ければいいって。おれはこの能力のスイッチを入れたり切ったりする方法を見つける――」

「わたしといるとき以外は、でしょ? わたしたちがいっしょにいるとき以外は――」

「違う――なんでそうなるんだよ。そうじゃなくて、おれたちがいっしょにいるときこそだよ！」

「わたしに触れると――わたしといっしょにいると――あなたの体はまいってしまうんでしょ！　わたしといるとき、体温が上がることに気づかなかった？　そのうち、わたしの力を防ごうとすることにうんざりするにきまってる――」

「おれの話をぜんぜん聞いていないじゃないか――たのむから聞いてくれ――いいか、おれはこいつをコントロールする方法を身に着け――」

「いつ？」わたしはたずねる。体じゅうの骨が1本1本折れていくのがわかる。

「え？　どういう意味だ？　すぐだ――いま身に着けようとしている――」

「それで、進み具合は？　かんたんそう？」

アダムの口が閉じる。でも、わたしを見つめ、なにかの感情と闘っている。落ち着きをとりもどそうとしている。「なにがいいたいんだ？」ようやくたずねる。「君は」息が荒くなっている「君は――つまり――おれたちの状況をなんとかしたいと思わないのか？」

「アダム――」

「ジュリエット」彼は立ち上がり、震える手で髪をつかむ。「君は――君はおれといっしょにいたくないのか？」

わたしも立って、まばたきして熱い涙をこらえる。駆け寄りたくてたまらないのに、動けない。口を開くと、涙声が出た。「いっしょにいたいにきまってる」

アダムは髪にやっていた手を下ろした。わたしを見つめる目はひどく無防備だけれど、口は固く結ばれ、体はこわばり、胸は荒い呼吸で大きく動いている。「じゃあ、どうして？　いまの状態がいいとは思えない」声をつまらせる。「とてもいい状態とは思えない、ジュリエット。正反対だ。おれは本当に、ただ君を抱きしめたいだけ――」

「アダムを、傷つけたくないの――」

「君はぼくを傷つけたりしない」そういうと、彼はすぐ前まで来て、わたしを見つめた。「おれが保証する。だいじょうぶだ――おれたちはうまくやれる――それにもう、おれはよくなってきている。この問題に取り組んで、前より強くなっている――」

「危険すぎるわ、アダム、お願い」わたしは後ずさりながら、頬にこぼれだした涙を必死でぬぐう。「あなたのためには、こうするほうがいい。あなたのためには、わたしに近づかないほうが――」

「けど、おれはそれがいやなんだ――おれがどうしたいかは聞いてくれないのか――」アダムは近づいてくる。わたしは近づいてくる彼をさっとよける。「おれは君といっしょにいたい。危険だってかまわない。それでもほしいんだ。それでも君がほしいんだ」

わたしは動けなくなる。

彼と壁のあいだにはさまれて、どこにも行けず、たとえ行けたとしても行きたくない。こんな気持ちと闘わなきゃならないなんて、いや。いくら、わたしのなかのなにかが「そんなの自分勝手よ」「彼をわたしに近づけちゃだめ」「彼を傷つけて終わるだけよ」と叫んでいても。アダムはわたしを見つめている。わたしが彼を死ぬほど苦しめているかのように、こちらを見ている。それで気づいた。わたしが彼を寄せつけないことが、よけいに彼を傷つけている。

体が震えている。彼がほしくてたまらない。でも、いまはよくわかっている。自分のほしいものは、待たなくてはならない。こんなふうにするしかないなんて、つらい。叫びたくなるほど、つらい。

けれど、たぶん、ふたりでやってみることはできる。

「ジュリエット」アダムはかすれた声でいい、強い感情に声をつまらせる。彼の両手はわたしの腰でかすかに震え、許可を求めている。「たのむから」

わたしは抵抗しない。

彼はさらに息を荒くしてかがみこみ、額をわたしの肩にあずける。両手をわたしのお腹の真ん中にぴたりとあてて、ほんの少しずつ、ゆっくりゆっくりと下へずらしていく。わたしはあえぐ。

わたしのなかで地震が起きている。プレートが動揺から喜びへシフトしていく。彼の手がゆっくりと太ももをなで、背中をのぼり、肩から腕に下りていく。そして手首のところでためらう。そこで服の布地は終わり、わたしの肌が始まる。

彼はひと息ついた。

そして、わたしの両手をとった。

一瞬、わたしは動けなくなり、彼の顔に苦痛や危険の兆候がないか探してしまう。でもそのとき、ふたりそろって息を吐いた。彼はほほえもうとする。新たな希望と、なにもかもうまくいくという新たな楽観をこめて、ほほえむ。

けれど、彼がまばたきすると、その目が変わった。

まなざしにさっきより深みがある。必死さと飢えがある。まるで、わたしのなかに刻まれた言葉を読もうとしているかのように、わたしを探る。彼の体の熱が伝わってくる。彼の腕や脚にこめられた力を、彼の胸にやどる強さを感じる。すると、わたしが止めるひまもないうちに、彼はキスをしていた。

彼の左手がわたしの後頭部を支え、右手がわたしの腰をしっかりと抱き、わたしを強く引き寄せて、わたしがそれまで保持していた理性をすべて破壊してしまう。とても強くて、深い。それはいままで知らなかった彼の一面のほんの始まりにすぎず、わたしは空気を求めてあえぐ、あえぐ、あえぐ。

例えるなら、熱い雨と、蒸し暑い日と、壊れたサーモスタット。沸騰して叫ぶヤカンと、うなる蒸気機関。ただもう涼しい風を求めて、服をぬいでしまいたくなる。

酸素は過大評価されていると気づかされるようなキスだ。

こんなことするべきじゃない。ついさっき知ったいろいろなことを考えれば、愚かで無責任なことだってわかる。それでも、撃たれでもしないかぎり、やめられない。

彼のシャツを引っぱる。すがりつけるものなら、なんでもいい。救命ボートか救命具かなにかを、わたしを現実につなぎとめてくれるなにかを必死で求める。けれど彼はいったん唇を離して息をつくと、乱暴にシャツをぬいで床に投げ捨て、わたしを腕のなかに引き寄せて、いっしょにベッドに倒れこんだ。

いつのまにか、わたしは彼の上にいる。

彼は手をのばしてわたしを引き寄せ、喉に、頬に、キスをする。わたしの手は彼の体を這って、線と、面と、筋肉を探る。彼が体を引いた。額をわたしの額に押しつけ、目を固く閉じていう。「どうして、どうしてなんだ？　こんなにそばにいるのに、まだ君がはるか遠くにいる気がして、たまらない」

そのとき、わたしは2週間前に彼に約束したことを思い出した——あなたが元気になったら、怪我が治ったら、あなたの体の隅々までわたしの唇で記憶する。

その約束を果たすなら、いまだ。

彼の口から始めて、頬へ移り、あごの下へ行き、首を下りて肩をつたい、わたしに巻きつく腕へ。彼の手は、わたしに張りつく第二の皮膚のような服の上をすべっていく。彼の体はかっと火照り、ひどくこわばっている。じっとしていようと格闘している。それでも、彼の胸のなかで心臓が激しく鼓動しているのが聞こえる。

わたしの胸につたわってくる。

彼の肌を舞う白い鳥をなぞる。いつか見たいと思っているけれど、見られそうもない鳥のタトゥー。頭に金の冠みたいな模様のある白い鳥。

それはいつか飛ぶだろう。

鳥は飛んでいない。科学者はそういうけれど、歴史によると、かつては飛んでいたらしい。だから、いつか見てみたい。さわってみたい。鳥が飛んでいるところを見たい。あるべき姿で、わたしの夢のなかよりもっと自然に空を飛んでいる鳥を。

かがんで鳥の黄色い頭にキスをする。アダムの胸にくっきりと刻まれたタトゥーの鳥に。彼の息づかいが急に荒くなる。

「このタトゥー、大好き」顔を上げて、彼と目を合わせる。「ここに来てから、ずっと見てなかった。ここに来てから、シャツを着ていないアダムを見ることがなかったから」わたしはささやく。「いまも、シャツを着ないで寝てるの？」

アダムは奇妙なほほえみで答える。まるで、ふたりにしかわからないジョークに笑っているみたい。

彼は自分の胸に置かれたわたしの手をとって、引き寄せる。わたしたちは顔を見合わせる。なんだか変な感じ。ここに来てからそよ風なんて感じたことがないのに、風がわたしの体に帰る家を見つけたかのように、肺を通り抜け、血のなかを吹き抜け、息と混ざり合って、わたしは呼吸が苦しくなる。

「ぜんぜん眠れないんだ」アダムの声はとても小さくて、わたしは耳をそばだてなくてはならない。「毎晩、君がいなくて調子が悪い」彼の左手はわたしの髪を通り抜け、右手はわたしに巻きついている。「ずっと君が恋しかった」耳元で、かすれた声がささやく。「ジュリエット」

わたしに

火がつく。

糖蜜のなかを泳いでいるみたい、こうしてキスをしていると、金色の液体につかっているみたい、こんなふうにキスしていると、感情の海に飛びこんでいるみたい。潮にどんどん流されて、自分が溺れているのかどうかもわからなくて、なにもかもどうでもよくなってしまう。もう痛くない気がするこの手なんて、どうでもいい。わたしひとりのものじゃないこの部屋なんて、どうでもいい。わたしたちが戦うことになっているこの戦争なんて、どうでもいい。自分はいったい何者なのか、何者になろうとしているのかという悩みなんて、どうでもいい。

大事なのは、これ。

これだけ。

この瞬間。この唇。わたしに押しつけられているこのたくましい体と、わたしを引き寄せる方法を探しているこのごつい手。もっと、もっと彼がほしい。彼のすべてが。この愛の美しさを、指先で、手のひらで、全身で感じたい。

すべてがほしい。

両手を彼の髪にからめて、たぐりよせる。近くに、もっと近くに、彼がわたしの上にのってしまうまで。彼が息つぎをしようと体を離しても、引きもどして彼の首に、肩に、胸にキスをする。わたしの両手は彼の背中を滑り、体の両脇をなでる。信じられない。いっしょにいるだけで、彼に触れてこんなふうに抱きしめているだけで、エネルギーを感じる。信じられないパワーを感じる。全身をびりびりと駆けめぐるアドレナリンは強烈で、信じられないほどの幸福感をもたらし、自分がまっさらになったような、不滅になったような、すばらしい感覚が押し寄せ――。

わたしははっと体を引いた。

あんまりあわてて押しのけようとして、ベッドから落ち、頭を石の床にしたたかぶつけてしまう。ふらふら立ち上がろうとして、彼の声を聞こうと懸命に耳をすましても、聞こえるのは、麻痺してしまったような苦しそうな息づかいだけ。わたしはまともに考えられなくなる、なにも見えなくなる、なにもかもがぼやけている。いや、本当にこんなことが起きてるなんて信じたくない――。

「ジュ、ジュリ――」アダムがしゃべろうとする。「お、おれは、だ――」

わたしは床にがくんとひざをつく。

そして、悲鳴を上げる。

生まれてから一度も上げたことがないような悲鳴を上げる。

わたしはなんでもかぞえる。

偶数、奇数、十の倍数。チクタクと時を刻む時計のチクをかぞえ、タクをかぞえ、一枚の紙の行間をかぞえる。乱れた鼓動をかぞえ、脈拍をかぞえ、まばたきの回数をかぞえ、肺にじゅうぶんな酸素を吸いこもうとした回数をかぞえる。わたしはずっとこうしている。こうして立って、こうしてかぞえつづける。なにも感じなくなるまで。涙が出なくなるまで。両の拳が震えなくなるまで。心臓が痛まなくなるまで。

それなのに、数がぜんぜん足りない。

アダムは医療棟にいる。

彼は医療棟にいて、わたしは会いに行かないようにいわれている。彼をそっとしておくように、回復に必要な時間をあげるようにつべこべいわず彼をひとりにしてやれといわれている。彼は元気になるわ、とソーニャとセアラはいっていた。心配いらない、なにもかもよくなるから、と双子はいってくれたけれど、ふたりの笑顔はいつもより少し力がなくて、わたしはこう思いはじめる。ふたりにも、とうとう、わたしの本性がわかってきたのだろうか。

自己中心的で、恐ろしい、哀れな怪物。

わたしは自分のほしかったものを手に入れた。よくないと知りつつ、それでも手に入れた。アダムは知らなかったはずだ。わたしがあたえる本当の苦痛がどんなものか、彼には知りようがなかった。苦痛の強さも、残酷な真実も。彼が感じたのは、わたしの力が暴発する前触れだけだと、キャッスルはいっていた。その小さな刺激を感じただけで、最大値に跳ね上がる前にすぐ気づいて離れることができた。

けれど、わたしはどうなるかわかっていた。

自分になにができるか知っていた。どんな危険があるかも知っていたのに、それでも試してしまった。よけいなことは忘れ、なにも気にせず、貪欲になることを、愚かになることを自分に許した。自分には手に入れられるはずのないものを望んでしまった。おとぎ話を、ハッピーエンドを、非現実的な可能性を信じたかったから。自分は実際よりいい人間だというふりをしたかったのに、愚かにも、これまでずっと責められてきた危険な自分を表に出してしまった。

~~両親はわたしを厄介払いして正解だった。~~

キャッスルはわたしに話しかけもしない。

ケンジは、それでも、まだ午前６時にわたしを待っているといってくれている。明日予定していたことをするために。気がまぎれるかもしれない。わたしは感謝している自分に気づく。早くその時間になればいいのに。わたしの人生はこれから孤独なものになる。いままでずっとそうだったように。いちばんいいのは、孤独な時間をしのぐ方法を見つけること。

忘れる方法を見つけること。

わたしはずっと、何度も何度も何度もさいなまれている。徹底的な孤独に。わたしの人生から彼が消えてしまったことに。彼の体の温もりや、やさしく触れる手を感じることはもう二度とないということに。自分の正体、自分のしてきたこと、自分にふさわしい場所を思い出すたびに。

それでも、自分をとりまく新たな現実の条件を受け入れた。

彼といっしょにはいられない。彼といっしょになることはない。また彼を傷つける危険は冒せないし、彼が恐れるような生き物――触れることも、キスすることも、抱きしめることもできない恐ろしい生き物――になってしまう危険も冒せない。彼がほかのだれかと――うっかり彼を殺してしまう心配のない女性と――普通の人生を送るのを、邪魔しつづけるわけにはいかない。

そのためには、彼の世界から、わたしを切り離さなくてはいけない。わたしの世界から、彼を切り離さなくてはいけない。

いまとなっては、すごくむずかしい。冷たく虚ろな生活を受け入れるのはつらい。いまのわたしは、興奮も、衝動も、やさしさも、情熱も、他人にさわれることのすばらしい心地よさも知ってしまったから。

恥ずかしい。

普通のボーイフレンドを持つ、普通の女の子になりすませると思ってしまった自分が。子どものころ、たくさんの本で読んだお話のような人生を送れるかもしれないと思ってしまった自分が。

こんなわたしが。

夢見るジュリエットが。

考えるだけで、ひどい屈辱に襲われる。自分にあたえられた運命を変えられると思ったなんて、本当に恥ずかしい。鏡を見たとき、こちらを見つめ返す白い顔を気に入ってしまった自分が恥ずかしい。

なんて悲しいんだろう。

わたしはいつもプリンセスになりきっていた。逃げ出したプリンセスは、やがて親切な妖精を見つけ、輝かしい未来が待つ美しい少女に変身させてもらう。わたしは希望のようなものにしがみついていた。たぶんとか、もしかしたらとか、ひょっとしたらという可能性の糸に。けれど、両親のいうことを聞くべきだった。両親は、わたしみたいな生き物が夢を持つことは許されないといっていた。あなたみたいな生き物は死んだほうがマシ、そう母さんはいっていた。

わたしはだんだんこう思いはじめる。両親のいっていたことは正しかった。さっさと自分を土に埋めてしまうべきだった。でも、よく考えてみると、事実上すでに葬られているも同然だ。わたしにはシャベルさえ必要ない。

変な感じ。

すごく虚しい。

わたしのなかで、こだまがひびいているみたい。かつてイースターの時期にお店に並んでいた、ウサギの形のチョコレートになったみたい。甘いチョコレートのウサギのなかは空っぽだった。ちょうどそんな感じ。

わたしという殻のなかは、空っぽ。

ここの人たちはみんな、わたしをきらっている。育みかけていた友情の細い糸は、もう切れてしまった。ケンジはわたしにうんざりしている。キャッスルはわたしに愛想をつかし、失望と怒りさえ感じている。わたしはここに来てから問題ばかり起こしていて、わたしのいいところを見ようとしてくれたたった1人の人は、いまその代償を自分の命で支払っている。

勇気を出してわたしに触れてくれた、たった1人の人。

ううん。2人のうちの1人だ。

気づくと、ウォーナーのことばかり考えている。

彼の瞳、やさしさと冷酷さの入り混じった奇妙な性格、計算しつくされたふるまいを思い出す。窓から脱出しようとするわたしを見たときの彼の目。わたしに奪われた銃を心臓に向けられたときの、彼の顔に浮かんだ恐怖。それにしても、わたしとはぜんぜん似ていないようでひどく似ているウォーナーのことが、なぜこんなに気になるんだろう？

また、彼に直面するときがくるだろう。そう遠くない未来に。そのとき、彼はどんな態度をとるんだろう？　もう、わたしを生かしておきたいとは思っていないはずだ。わたしに殺されかけたのだから。19歳の男、少年、人間を、人殺しもいとわないあんな悲惨な生活に駆りたてるものが、いったいなんなのか、わたしにはわからない。そのとき、ふと気づいた。わたしは自分に嘘をついている。だって、ちゃんと知っているから。もしかしたらわたしは、彼を理解できる唯一の人間かもしれないから。

わたしが知っているのは、こういうこと。

ウォーナーは苦しんでいる。わたしみたいに。彼は友情や愛や平和的共存といった温もりを知らずに育った。父親は再建党のリーダーで、息子の殺人行為を非難するどころか称賛している。ウォーナーは普通であることがどういうことか知らない。

~~わたしも知らない。~~

彼は生まれてからずっと、世界を支配するという父親の野望に応えようと奮闘している。疑問をもたず、影響など考えず、人の命の重みなどかえりみず、闘っている。彼には権力があり、戦力があり、世界に莫大な損害をあたえられる社会的地位があり、それを誇りにしている。後悔や後ろめたさを感じることなく人を殺し、わたしと手を組みたがっている。彼は本来のわたしを見抜き、その潜在能力に見合った生き方を求めている。

人殺しの手を持つ、恐ろしい怪物。ほかに世の中に貢献できる力を持たない、悲しい哀れな少女。武器としてしか、苦痛で支配する道具としてしか、役に立たない人間。それが、彼がわたしに望んでいる役割だ。

最近、彼が間違っているという確信が揺らいできた。最近は、すべてに確信が持てない。最近は、それまで信じていたことが、なにもかも信じられなくなってきた。自分が何者かすら、自信がない。ウォーナーのささやきが、頭のなかをぐるぐる歩き回っている——もっと多くを望め、もっと強くなれ、なんにでもなれる。おびえた少女なんかより、はるかにすばらしい存在になれる。

おまえは権力を手に入れられる。

それでも、やっぱりいや。

ウォーナーの差し出す生活に、魅力は感じない。そんなものに未来はない。そんなものに喜びは感じない。それでも、わたしは自分にいい聞かせる。いろんなことをしてしまったけれど、それでもやはり人を傷つけたくはない。人を傷つけることなんて、求めてない。それに、たとえ世間がわたしを憎んでも、たとえ人々がわたしを憎むのをやめてくれなくても、罪のない人に恨みをぶつけるなんてぜったいしない。もしわたしが死んだら、もし殺されたら、もし眠っているあいだに殺害されたら、少なくとも尊厳の切れ端くらいは持って死にたい。人間性のかけらは、まだわたしのほとんどを占めていて、まだなんとか機能している。それだけは、だれにも奪わせない。

だから、けっして忘れてはいけない。ウォーナーとわたしは、2つの異なる言葉だ。わたしたちは類義語だけれど、同じじゃない。

類義語どうしは古い同僚のようなもの、いっしょに世界を見た友人のようなもの。話を交換したり、起源について思いを馳せたりしているうちに、似ているのにぜんぜん違うことを忘れてしまう。いくつかの特質を共有していても、おたがいにけっして相手にはなれないことを忘れてしまう。静かな夜と静まりかえった夜は同じじゃないし、落ち着いた人と堅実な人も同じじゃないし、明るい光とまぶしい光も同じじゃない。どう文に割りこむかで、すべてが変わってしまう。

けっして同じじゃない。

わたしは生まれてからずっと、いい人間になろうと奮闘してきた。強くなろうと闘ってきた。ウォーナーと違って、世界の脅威になりたくないから。人々を傷つけたくないから。

自分の力を、だれかを傷つけるために使いたくないから。

けれど、自分の２本の手を見ると、自分の特殊な能力を思い出す。いままでしてしまったことをまざまざと思い出し、するかもしれないことにいやでも気づいてしまう。自分がコントロールできないものと闘うのはむずかしいし、いまのわたしは自分の想像力すらコントロールできない。想像力はわたしの髪をつかんで、闇へ引きずりこんでいく。

孤独は奇妙なものだ。

静かに音も立てずに忍びより、暗がりでは横にいすわり、眠っていると髪をなでてくる。そして体をすっぽり包みこみ、息もできないくらいきつく締めつける。人の心に嘘を置き、夜は隣に横たわり、部屋の隅々から光を吸いつくす。孤独はしじゅうやってくる仲間。手を握ってくれるのは、立ち上がろうとがんばっている人を引きずり下ろすときだけ。

朝目覚めると、自分に驚く。夜は眠れず、がたがた震える。そして自分をひたすら疑いだす。

手放す？

手放さない？

手放すべき？

なぜ手放そうとしないの？

手放す覚悟ができているのに。自由になる覚悟ができているのに。新しい自分になる覚悟があるのに。孤独という旧友は鏡に映る自分の横に立ち、わたしの目を見つめ、「おれなしで生きていけるのか」と挑発する。わたしは自分と闘う言葉が見つからない。おまえには無理だ、ぜったい無理だ、永久に無理だとわめく言葉に抵抗する言葉が見つからない。

孤独は、不機嫌でかわいそうな友だち。

どうしても離れてくれないときがある。

「もしもーし？」

わたしはまばたきして、息をのむ。目の前でパチンと音を鳴らす指から顔を引っこめると、オメガポイントの見慣れた石壁が視界にもどってきた。わたしははっとそちらを見る。

ケンジがわたしを見つめていた。

「なによ？」わたしはびっくりして、おどおどとそちらに目を向ける。手袋をしていない手を組んだりほどいたりしながら、手を包む暖かいものがあるといいのにと思う。この特別な服にはポケットがないし、研究室でぼろぼろにしてしまった手袋はもう使えない。代わりの手袋ももらっていない。

「はえーな」ケンジは小首をかしげ、驚きと好奇心の混ざった目でこちらを見ている。

わたしは肩をすくめて顔を隠そうとする。ひと晩じゅうほとんど眠れなかったことを認めたくない。わたしは午前3時から起きていて、4時には完全に着替えて出かける準備ができていた。自分の考えごとと関係ないことで頭をいっぱいにする口実が、どうしてもほしかった。「興奮しちゃって」わたしは嘘をつく。「今日はなにをするの？」

「もちろん」

ケンジは少し首をふると、わたしの後ろのなにかに目をこらし、それから口を開いた。「けど、あんた」咳ばらい。「だいじょうぶなのか？」

「ふーん」

「なんなの？」

「なんでもねえ」ケンジはあわてていう。「ただ、ほら」わたしの顔に向かって、でたらめなジェスチャーをする。「プリンセスが、あんまり元気じゃなさそうだから。初めてウォーナーと基地にあらわれた日みてえだ。おびえきって、ひどい顔色で、あ、悪気はないぜ。けど、シャワーを浴びたほうがいいな」

わたしはほほえみ、そのせいで顔が引きつりそうになっていることには気づかないふりをする。肩の力を抜こう。普段どおり、落ち着いて、穏やかに見えるように気をつけよう。「わたしは元気よ、本当に」そういって、目を落とす。「ただ――ここは少し冷えるでしょ。それだけだってば。手袋をしていないことに慣れてないから」

ケンジはうなずいているけれど、こちらを見てはいない。「そうか。ところで、あいつはじき回復するよ」

「え？」息を吸いこむ。わたしは呼吸が本当に下手だ。

「ケントだよ」ケンジがこちらを向く。「あんたの恋人。アダム・ケント。すぐよくなる」

１つの言葉。彼を思い出させる１つの単純で愚かな言葉が、わたしのお腹で眠っていた蝶をびっくりさせる。そしてわたしは、アダムがもうわたしの恋人ではないことを思い出す。彼はもう、わたしのものじゃない。もう違う。

そして、蝶は落ちて死ぬ。

~~こんなことと。~~

~~こんなことと、できない。~~

「それで」わたしはやたらと大きい声で、やたらと明るくいう。「始めなくていいの？そろそろ取りかからなきゃ、でしょ？」

ケンジはけげんな顔をしたものの、なにもいわなかった。「ああ。もちろんだ。ついて来な」

ケンジはいままで見たことのないドアへ案内した。わたしが一度も入ったことのない部屋だ。

なかから声が聞こえる。

ケンジが二度ノックしてドアハンドルをひねると、ざわめきに圧倒された。わたしたちは人々でごったがえす部屋に入っていく。遠くからしか見たことのない顔ぶれ、わたしには向けられたことのない微笑みや笑いを交わしている人たち。広いスペースに一人用の机と椅子がたくさんならんでいるところを見ると、教室のようだ。壁にはホワイトボード、その横のモニターではいろんな情報が点滅している。キャッスルもいる。部屋の隅に立ち、クリップボードに目を通すのに集中していて、わたしたちが入ってきたことにも気づいていない。ケンジが大声で声をかける。

キャッスルの顔がぱっと明るくなった。

それには前から気づいていた。ふたりの仲の良さには、わたしも気づいていた。でも最近は、キャッスルがケンジに対して特別な愛情を抱いていることが、ますます明白になってきた。親が子に対してしか持たないような、敬意と誇らしさのこもった愛情だ。ふたりはどういう関係なんだろう？　どこでどんなふうに知り合って、どんなことがふたりを結びつけたんだろう？　そういえば、わたしはオメガポイントの人たちのことをほとんど知らない。

わたしは人々の熱心な顔を見回した。男、女、若者、中年、人種も姿形も大きさもそれぞれに違う人たちが、家族のようにまじわっている。わたしは脇腹を刺されるような奇妙な痛みを感じた。いくつも穴を開けられて、小さくしぼんでしまいそう。

まるで、顔をガラスに押しつけて、遠くから景色をながめているような気分だ。自分はぜったいにそのなかに入れないのを知っているのに、仲間に入りたいとひたすら願っている感じ。ときどき忘れてしまうけれど、世の中には、こんな状況でもまだ毎日笑うことのできる人々がいるのだ。

希望を失っていない人々が。

わたしは急におどおどしてしまう。なんだかバツが悪くて、恥ずかしさまで感じてしまう。明るい光のなかでは、自分の考えていることが暗く悲しいものに見えて、自分も楽観しているふりをしたくなる。いつか生きる方法が見つかる、と信じたくなる。たぶん、とにかく、わたしにもまだ、どこかにチャンスがあるかもしれない。

だれかが口笛を吹いた。

「よーし、みんな」ケンジが口の横に両手をあてて声を張り上げている。「みんな、すわってくれ、いいか？　未経験者の君たちに、オリエンテーションをおこなう。全員、少しのあいだ、すわってくれ」ケンジは人々をざっと見回す。「そうだ、よし。みんな席についてくれ。どこでもいい。リリー――君はすわらなくていい――よし、うん、そうだ。席についてくれ。五分後に始めるぞ、いいな？」ケンジは片手を上げ、五本の指を広げてみせる。「五分後だ」

わたしはまわりを見ずに、いちばん近くの空いている席にすべりこむ。下を向いたまま、机の木目の一本一本に目をこらしているうちに、周囲の席にみんながどんどんすわっていく。わたしはやっと勇気を出して、ちらっと右を見る。まぶしい白い髪と雪のように白い肌の人が、透き通る青い瞳でこちらにまばたきを返してきた。

ブレンダン。感電しちゃう男の子だ。

ブレンダンはにっこり笑い、２本の指をふってみせた。

わたしはひょいと会釈を返す。

「うわ――ちょっと」だれかの声がした。「こんなところで、なにをしているんですか？」

あわてて左を向くと、曲がった鼻に黒いプラスチックのメガネをかけた、色の薄い金髪の男がいた。青白い顔に、皮肉っぽい笑み。ウィンストンだ。よく覚えている。

わたしが初めてオメガポイントに来たとき、あれこれ質問してきた人だ。自分は精神分析医のようなものだといっていた。けれど、わたしが着ているこの特別な服をデザインしてくれたのも、彼だ。わたしが破ってしまった手袋も。

たぶん、なにかの天才なんだと思う。はっきりとはわからないけど。

その彼がいま、ボールペンの端をかじりながら、わたしを見ている。人さし指でメガネを鼻の上へ押し上げる。あ、そうだ、彼に質問されたんだった。

「わからないの。ケンジに連れてこられたんだけど、理由は聞いてない」

ウィンストンは驚くどころか、あきれた顔をしている。「ああ、彼のすることはいつだって謎ですから。人に気をもませるのがなぜそんなに楽しいのか、わたしにはさっぱりわかりません。自分の人生を映画かなにかだと思っているんでしょうかねえ。いつだって、なんでもかんでも、ドラマチックにしたいらしい。まったく、はた迷惑な」

わたしはなんて答えていいかわからない。~~アダムも同感だろうなと思わずにいられなくて、アダムのことを考えずにはいられなくて、わたしは~~

「あ、彼に耳を貸すことはないよ」英国風のアクセントが割りこんできた。ふり向くと、ブレンダンがまだわたしにほほえみかけていた。「ウィンストンのやつ、早朝はいつも、ちょっと機嫌が悪いんだ」

「はあ？　この時間のどこが早朝ですか？」ウィンストンはいい返す。「いますぐコーヒーを一杯もらえるなら、兵士の股間を蹴ってきてもいいくらいです」

「ちゃんと眠ってないのは、自分のせいだろ」ブレンダンも負けない。「一日三時間の睡眠で生きていけると思ってるのか？　どうかしてるよ」

ウィンストンはかじっていたボールペンを机に放った。大儀そうに片手で髪をかき上げ、メガネをはずして顔をこする。「いまいましいパトロールのせいですよ。毎晩、毎晩、まったく。外でなにかが起きていて、緊張が高まっているようなんです。どれだけ多くの兵士が歩き回っているんです？　いったい、なにをしてるんですか？　おかげでわたしは、ずっと起きていなきゃならない――」

「それ、なんの話？」思わず、質問が口をついて出た。好奇心をかきたてられ、耳に神経を集中している。外のことなんて、いままで一度も耳にする機会がなかった。キャッスルは　わたしを訓練に集中させることに専念していて、「時間がない」、「そのときが来る前に、自分の力をコントロールする方法をなんとしても見つけてもらいたい」というばかりで、それ以上の話は聞けない。わたしは、状況は思っていたより悪いのだろうかと不安になってきた。

「パトロールのことかい？」ブレンダンがそんなことかというように手をふる。「ああ、あれはただ、交替でやってる見廻りのことだよ。ふたりずつ組んで――順番に夜間の見張りをするんだ。ほとんどの時間は、なんの問題もない。ただの日課で、なにも深刻なことは起きやしない」

「ところが、最近は妙なんですよ」ウィンストンが割りこむ。「まるで、敵は本当にわれわれを探しているみたいなんです。もう、根拠のないただの噂話とは思っていないらしい。われわれが現実の脅威であることを知っていて、実際に、われわれの居場所についてなにかつかんだように思えるんです」ウィンストンは首をふる。「しかし、そんなことはありえません」

「ありえないことはないだろう」

「まあ、なんであれ、気になってしょうがないんですよ」とウィンストン。「そこらじゅうに兵士がうようよしていて、ここのすぐ近くまで姿を見せています。監視カメラに映ってるんですよ」ウィンストンはわたしのとまどった顔に気づいて説明した。

「しかも、とくに奇妙なのは」身を乗り出して、声を落とす。「常にウォーナーがいることなんです。毎晩かならず。歩き回って、命令を出しているんです。なにをいっているかは聞こえませんが。それに、彼はまだ腕を怪我しているんです。三角巾で腕を吊って、歩いているんですよ」

「ウォーナーが？」わたしは目を剝く。「兵士と出歩いてる？　それって――それって……めずらしいこと？」

「かなりめずらしい」ブレンダンがいう。「ウォーナーは第４５セクターのＣＣＲ、つまり最高司令官兼首長《CCR》だ。普通の状況下なら、そういう仕事は大佐に任せる。中佐でもいい。ＣＣＲにとっての最重要事項は、基地で兵士を指揮監督することだ」ブレンダンは首をふる。「彼はちょっとおかしいんじゃないかな。あんな危険を冒すなんて。自分が監督すべき基地を離れるなんてさ。だいたい、毎晩のように基地を離れられるなんて、奇妙だよ」

「そうなんです」ウィンストンもうなずく。「そのとおりなんです」そして、わたしたち2人を指さした。「そこで気になるのが、ウォーナーの留守中、だれが基地を任されているのかということです。あの男はだれも信用していません――そもそも他人に任せるような人物じゃありませんからね――それなのに、毎晩基地から出ているということは？」少し間を置く。「つじつまが合いません。なにかが起きているんですよ」

「じゃあ、もしかしたら」わたしは恐怖と勇気にはさまれて、たずねる。「彼はだれかをなにかを探してるってこと?」

「はい」ウィンストンは息を吐いて、鼻の横をかいた。「わたしもそう考えています。いったいなにを探しているのか、知りたいものです」

「そんなの、きまってるじゃないか」とブレンダン。「おれたちだよ」

ウィンストンは納得できないようだ。「さあ、どうでしょう。今回はいつもと違います。彼らは何年もわれわれを探していますが、こんなことをするのは初めてです。この手の任務に、これだけ多くの人員を投入したことはありません。ここまでわれわれに接近したのも、初めてです」

「まあ」わたしはつぶやく。自分の思っていることを口に出すわけにはいかない。ウォーナーが探しているのがだれかなにかなんてこと、あまり考えたくない。それにしても、この2人はどうしてこんなに気安くわたしに話しかけてくれるんだろう？　まるで、わたしを信頼しているみたいに。仲間だと思っているみたいに。

でも、そんなこと、とてもいえない。

「そうなんです」ウィンストンはさっきまでかじっていたボールペンをまた拾う。「どうかしてるんです。ともあれ、今日は淹れたてのコーヒーを一杯もらわないと、わたしは本当にまいってしまいます」

わたしは部屋を見回した。コーヒーはどこにも見当たらない。食べ物もない。これは、ウィンストンにはどういう状況なんだろう？　「わたしたち、始める前に朝食をとるの？」

「いいえ。今日はいつもとは違うスケジュールで食事をします。それに、帰ってきたら、食べ物は選び放題ですよ。わたしたちが最初に選べるんです。それが唯一の特典なんです」

「帰ってきたらって、どこから？」

「外」ブレンダンが答えた。椅子の背にもたれ、天井を指さす。「地上に出るのさ」

「え？」わたしは息をのむ。初めて、本当のわくわくがこみ上げてくる。「本当に？」

「はい」ウィンストンはまたメガネをかける。「あなたにとっては、われわれがここでしていることを初めて目にする機会になるでしょう」そういうと、部屋の前のほうを見てうなずく。そちらを見ると、ケンジが大きなトランクをテーブルの上に引っぱり上げようとしていた。

「どういうこと？」わたしは聞き返す。「わたしたち、なにをするの？」

「ああ、それは」ウィンストンは肩をすくめ、頭の後ろで両手を組む。「重窃盗。武装強盗。まあ、そんなようなことです」

思わず笑いだしたら、ブレンダンに止められた。なんと片手をわたしの肩に置く。わたしは一瞬ぎょっとした。ブレンダンの頭は、だいじょうぶだろうか？

「ウィンストンは冗談をいったんじゃないんだ」ブレンダンはいう。「君が銃の使い方を知ってると助かるんだけど」

わたしたち、ホームレスみたい。

つまり、普通の市民に見えるということ。

わたしたちは教室から廊下に出た。全員似たような格好だ。どの服もぼろぼろで薄汚れ、擦り切れている。出かけるとき、全員、服装をチェックする。ウィンストンはプラスチックのメガネをはずして上着のポケットに押しこみ、コートのファスナーを上までしっかり閉め、あごまで届く襟の内側で小さくなった。同行する女の子のひとりのリリーは、厚手のマフラーで口をおおい、コートのフードをかぶっている。ケンジはというと、手袋をはめ、カーゴパンツを調節して内側に差した銃を隠している。

ブレンダンがわたしの隣でもぞもぞする。

彼はつばのないぴったりした帽子をポケットから出してかぶると、コートのファスナーを首まで閉めた。驚いたことに、帽子の黒さが瞳の青さを引き立て、目がいつもよりいっそう明るく鋭く見える。わたしに見られているのに気づくと、ブレンダンはにっこり笑った。それからわたしに2サイズは大きい古い手袋を放ると、かがんでブーツのひもを締めた。

わたしは小さく息を吸う。

すべてのエネルギーを、いま自分のいる場所と、自分のしていることと、しようとしていることに集中しようとする。わたしは自分にいい聞かせる。アダムのことは考えちゃだめ。彼はなにをしているんだろうとか、どのくらい回復したんだろうとか、いまどんな気持ちでいるんだろうなんて、考えてはいけない。わたしは自分にたのみこむ。最後に彼とすごしたときの思い出に浸らないで。彼がわたしに触れてくれたこと、抱いてくれたこと、彼の唇や、手や、速くなっていく息づかい――

失敗。

どうしたって考えずにいられない。彼はいつもわたしを守ろうとしてくれて、そのせいで危うく命を落としそうになった。彼はいつもわたしをかばってくれた。いつもわたしに危険がおよばないか見守っていてくれた。本当はわたしだったのに。いちばんの脅威は、いちばんの危険は、いつだってわたしだったのに。そんなことも知らずに守ってくれた。アダムはわたしをすごく大切にしてくれて、これ以上ない存在のように扱ってくれた。わたしにそんな価値はないのに。

わたしは守ってもらう必要なんてない。

だれかに心配してもらったり、気づかってもらったり、わたしと恋に落ちる危険を冒してもらったりする必要はない。わたしは情緒不安定。わたしに近寄っちゃだめ。

みんながわたしを怖がるのは当然だ。

みんな、わたしを怖がるべきだ。

「おい」隣でケンジが止まり、わたしのひじをつかんだ。「準備はいいか？」

わたしはうなずき、小さくほほえむ。

わたしの服は借り物だ。服の下に首からぶら下げたカードは、新しい。今日、偽のRRカード――再建党登録カード――をもらった。わたしが居住区で働いて生活しているという証明書。規制区域内の市民であるという証明だ。正式な市民は必ず再建党登録カードを持っている。わたしは一度も持ったことがない。閉鎖病棟のような施設に放りこまれていたから。わたしみたいな人間には必要なかった。実際、わたしはあそこで死ぬことになっていたはずだ。だから、身分証明書なんて必要なかった。

けれど、このRRカードは特別だ。

オメガポイントのだれもが偽のカードをもらえるわけじゃない。偽造するのはよっぽどむずかしいのだろう。薄い長方形のカードは稀少な種類のチタンでできていて、所有者の個人データとバーコードがレーザーで刻まれているうえ、本人の居場所がわかる追跡装置が内蔵されている。

「RRカードはすべての行動を記録する」キャッスルが説明した。「居住区に出入りする際にも、職場に出入りするときにも必要となる。市民はRESTドルで賃金を支払われる。賃金は、それぞれの仕事の難易度を計算する複雑なアルゴリズムで算出された金額だ。もちろん就労時間も考慮して、それぞれの仕事の価値を決定する。この電子マネーは週払いで、RRカードに内蔵されたチップに自動的にアップロードされる。RESTドルはその後、配給センターで食品や必需品と交換できる。RRカードの紛失はすなわち、自分の生活、収入、登録された市民という法的身分を失うことを意味する。

もし兵士に止められて身分証の提示を求められたら、RRカードを見せなくてはならない。見せなかった場合は……非常に残念な結果になる。カードを持たずに出歩く市民は、再建党にとって脅威とみなされる。意図的に法を破ったと受け取られ、容疑をかけられる。どういう形であれ非協力的な態度をとることは――たとえ、自分の行動をなにからなにまで監視されたくないというだけであっても――反乱軍に好意的と受け取られる。つまり、脅威とみなされるのだ。脅威とみなせば、再建党は躊躇なく排除する」

「だから」キャッスルは大きく息を吸いこんだ。「自分のRRカードは、ぜったいになくさないように。われわれの偽造カードには、追跡装置もついていなければ、RESTドルの管理に必要なチップもついていない。われわれにはその必要性も技術もないからだ。しかし！　だからといって、そのカードが模型ほどの価値しかないわけではない。規制区域内の市民にとって、RRカードは死ぬまでつきまとう刑罰のようなものだが、オメガポイントでは特権だ。よって、そういうものとして扱ってもらいたい」

特権。

今朝のミーティングでたくさん学んだことのなかで、RRカードはオメガポイントの外で任務を行う人たちだけにあたえられるものだとわかった。今日、この部屋にいる人たちはみんな、非常に優秀で、非常に強く、心から信頼できる人物として選ばれたのだ。ケンジは大胆にも、この部屋にわたしを呼んだ。わたしにもいまならわかる。これはわたしを信頼しているという、ケンジなりの意思表示だ。あんなことがあったのに、彼はわたしに――みんなにも――オメガポイントはわたしを歓迎するといってくれている。だから、ウィンストンやブレンダンがあんなに気安く接してくれるのだ。ふたりはオメガポイントのシステムを信頼しているから。わたしを信頼するというケンジを信頼しているから。

　わたしはここの一員なんだ。

　そしてこれが、ここの一員としてのわたしの初仕事？


　わたしは泥棒になる。


　わたしたちは地上へ向かっている。

　キャッスルがすぐに合流して、この地下都市から現実の世界へ案内してくれる。この社会になにが起きているのかを目にするのは、わたしにとってはほぼ3年ぶりだ。罪のない子どもを殺した罪で、自宅から引きずり出されたのは１４歳のときだった。それから2年間、病院、警察署、短期少年院、精神科病院を転々として、最後に永久に隔離されることになった。施設は刑務所よりひどかった。両親にいわせれば、賢明なことだった。刑務所に送られていたら、看守はわたしを人間扱いしてくれただろう。けれど、わたしはこの一年間、凶暴な動物として扱われ、外の世界から隔絶された暗い監房に閉じこめられていた。わたしがいままで見てきた世界は、ほとんどが窓からのながめだ。ほかには、基地から逃げてくるあいだに見たものだけ。いま外の世界がどうなっているのかは、わからない。

それでも、見たい。

どうしても見たい。

なにも知らずにいるのは、もううんざり。過去の思い出と、どうにかかき集めた現在の情報の断片にたよるのも、うんざりだ。

わたしが知っているのは、〝再建党〟が日常的に使われる言葉になって10年たつということくらい。

なぜ知っているかというと、再建党が演説を始めたのは、わたしが7歳のときだったから。社会が壊れはじめたときのことは、ぜったい忘れない。わたしは、世の中がまだ普通だったころを覚えている。人類が滅びかけているような感じはあったものの、お金のある人にはじゅうぶん食べ物があった時代。癌がありふれた病気になり、自然が怒って暴れる獣になる前のこと。だれもが再建党の登場にわくわくしていたのを覚えている。学校の先生の顔に浮かんでいた希望や、平日の昼間に学校で強制的に見せられた党の声明を覚えている。わたしはそういうことを覚えている。

そして14歳だったわたしが許されない罪をおかすちょうど4ヵ月前、人々は世界をよりよい未来へ導くリーダーとして、再建党を選んだ。

希望。人々は大きな希望を抱いていた。わたしの両親も、近所の人たちも、学校の先生やクラスメイトも。みんなはうまくいくことを期待して再建党を応援し、強い支持を約束した。

希望は人々に恐ろしいことをさせる。

わたしは自宅から連れていかれるすぐ前に、反対運動を見たのを覚えている。怒った人々が通りにあふれかえって、返品を求めていた。すると再建党は、反対運動の人たちを頭からつま先まで血まみれにして、朝家を出てくる前に小さい字で書かれた注意書きをきちんと読むべきだったといい放った。

返品はできません。

わたしがこの作戦に参加するのをキャッスルとケンジが許可したのは、わたしをオメガポイントに心から受け入れようとしてくれているからだ。ふたりはわたしにも参加してほしいと望んでいる。わたしが本当の意味で彼らを受け入れ、彼らの任務がなぜそんなに重要なのかを理解してほしいと思っているのだ。キャッスルはわたしに、再建党や彼らがこの世界で計画していることと戦ってほしいと望んでいる。本、芸術、言語、歴史を、再建党は破壊しようとしている。単純で、空虚で、潤いに欠ける生活を、再建党はこれからの世代に押しつけようとしている。キャッスルはわたしに、この世界がまだ取り返しのつかないほどの損傷は受けていないことをわからせたがっている。わたしたちの未来にはまだ救いがあることを、権力が正しい者の手にわたれば、状況はまだ改善できることを証明したがっている。

わたしに信頼してほしいと思っている。

わたしだって、信頼したい。

でも、ときどき怖くなる。ごく限られた経験のなかで、わたしはすでに、権力を求める人たちは信用できないと学んでしまった。高尚な目標とすばらしい演説、気さくな笑顔をふりまく人たちが、わたしの心を落ち着けてくれたことはない。銃を持つ人たちが、ちゃんとした理由がない限り殺さないと何度約束してくれても、わたしは安心できなかった。

オメガポイントの人たちがかなり高度な武装をしていることは、見過ごせない。

けれど、知りたい。もっと知りたくてたまらない。

それでわたしは、古いぼろぼろの服に、目元まで隠れる厚い毛糸の帽子で変装した。男物に違いない厚手の上着に、革のブーツが隠れるほどぶかぶかのズボンをはく。これなら、普通の市民に見える。生活に苦しむ貧しい市民が、家族のために懸命に食料を探しているように見える。

ドアがカチャリと閉まり、わたしたちはいっせいにふり向いた。キャッスルが満面の笑みを浮かべ、みんなを見回す。

わたし。ウィンストン。ケンジ。ブレンダン。リリーという名前の女の子。さらに、わたしのまだ知らない人たちが１０人。キャッスルを入れて、全部で１６人。完璧な偶数。

「よし、みんな」キャッスルが両手をパンと合わせる。わたしは、彼が手袋をしていることに気づいた。みんなもしている。今日のわたしは、普通の服に普通の手袋をした人たちのなかにいる、ただの女の子だ。今日のわたしは、ただの一員。特別な人間じゃない。普通の人。今日だけは。

そんなのありえないと思って、笑いたくなる。

でもそのとき、自分が昨日アダムを殺しそうになったことを思い出し、急にどう唇を動かしていいのかわからなくなる。

「準備はいいか？」キャッスルがみんなを見回す。「さっき打ち合わせたことを忘れないように」そこで口を閉じ、注意深くひとりひとりと目を合わせる。わたしと目を合わせる時間は、みんなよりほんの少し長い。「よろしい。それでは、ついてきたまえ」

みんなだまりこくって、キャッスルの後から通路を進んでいく。わたしは少しのあいだ、考えごとをする。こんな目立たない格好なら、姿をくらますのはきっとかんたんだ。逃げることもできる。街の風景に溶けこんでしまえば、もう二度と見つからない。

~~卑怯者みたい。~~

わたしは静けさを破りたくて、なにか話すことを探す。「それで、どうやって行くの？」だれにともなくたずねてみる。

「歩いていくんです」ウィンストンが答える。

わたしたちの足がそれに答えるように床を踏み鳴らす。

「ほとんどの市民は車なんか持っちゃいねえ」ケンジが説明する。「それに、ぜったい戦車につかまるわけにはいかねえ。一般市民にまぎれこみたけりゃ、一般市民がするようにするしかない。だから、歩くんだ」

キャッスルが出口へ向かって進むうちに、どのトンネルがどの方向へのびているのかわからなくなってしまう。自分がここのことをどれだけ知らないか、いままで見た部分がどれだけわずかだったのか、いやというほど気づかされる。正直いって、自分がここを知る努力をほとんどしていなかったと認めるしかない。

なんとかしなきゃ。

足元のようすが変わり、初めて外に近づいていることに気づいた。わたしたちは上へ向かって歩いている。地中につくられた石の階段をのぼっている。小さな四角い金属のドアらしきものが見える。ドアには掛け金がついている。

少し緊張している自分に気づく。

不安。

期待と恐れ。

今日、わたしはひとりの市民として世界を見る。世界の状況を、初めて間近でちゃんと見る。この新しい社会で、人々がいまどんなことに耐えているのかを、この目で見る。

どこにいるのかわからない両親が、いまさらされている現状を見る。

キャッスルがドアの前で止まった。窓といってもいいくらい小さい。キャッスルはわたしたちのほうを向き、鋭い口調でたずねた。「だれだ？」

だれも答えない。

キャッスルは背すじをのばし、腕組みをした。「リリー」と指名する。「氏名。ＩＤ。年齢。所属セクターと職業。ただちに答えよ」

リリーは口元からマフラーを引っぱり、少しロボットに似た口調で答えた。「エリカ・フォンテイン。1117－52QZ。二十六歳。第４５セクターに住んでいます」

「職業は」キャッスルがふたたび口を開く。かすかにいらだちをふくんだ声だ。

「繊維工場勤務。19A－XC2工場です」

「ウィンストン」キャッスルは次を指名する。

「キース・ハンター。4556－65DS」ウィンストンは答える。「三十四歳。第４５セクター在住。金属工場勤務。15B－XC2工場です」

ケンジは呼ばれるのを待たずに答える。「ヒロ・ヤマサキ。8891－11DX。二十歳。第４５セクター在住。大砲製造工場勤務。13A－XC2工場」

キャッスルはうなずきながら、みんなが順番に偽のRRカードに刻まれた情報を反復するのを聞き、満足そうにほほえんだ。それからわたしに目を向けた。そのうちみんなもこちらを向き、じっと見る。わたしがしくじりはしないかと待っている。

「ディーリア・デュポン」わたしはいう。思っていたよりすらすらと言葉が口から滑り出る。

呼び止められるつもりはないけれど、万一、身分を問いただされたときのための用心だ。わたしたちはそれぞれのRRカードが本当に自分のものであるかのように、そこに刻まれた情報を覚えていなければならない。ケンジはこうもいっていた。居住区を監督している兵士が第45セクターから来ていたとしても、基地にいる警備兵とは違うから、わたしたちが知っている顔に出くわすことはない。

それでも。

念のためだ。

わたしは咳ばらいをした。「ID番号は1223－99SX。十七歳。第45セクター在住。金属工場勤務。15A－XC2工場です」

キャッスルは一瞬長くわたしを見つめた。

ようやくうなずき、わたしたち全員を見回す。「それから」低くはっきりした、よくひびく声でいう。「口を開く前に、確認すべき三つのことは？」

やっぱり、だれも答えない。でも、答えがわからないからじゃない。

キャッスルは指を折りながらいう。「ひとつめ！　本当にいう必要があるか？　ふたつめ！　自分がいう必要があるか？　三つめ！　いま自分がいう必要があるか？」

まだ、だれもしゃべらない。

「どうしても必要でないかぎり、口をきかないこと」キャッスルはいう。「笑ったり、ほほえんだりしないこと。できるだけ、たがいに目を合わせるのも避けること。知り合いであるような行動をしてはならない。われわれに少しでもよけいな注意を引くようなことは、いっさいしないように」少し言葉を切って、たずねる。「わかったかな？不明な点はないな？」

わたしたちはうなずく。

「それでは、なにかまずいことが起きたら？」

「ばらばらに逃げる」ケンジは咳ばらいをした。「走って、隠れる。自分のことだけを考える。そしてオメガポイントの場所は、口が裂けてもいわない」

みんなが同時に大きく息を吸いこんだようだった。

キャッスルが小さなドアを押し開け、外をのぞいてから、ついてくるよう合図した。わたしたちはついていく。ひとりずつ、戸口から這い出す。だまって静かに。

地上は3週間ぶりくらいだ。でも、3ヵ月くらいに感じる。

顔に外気があたった瞬間、風が注意をうながすように肌をぴしゃりと打つ。なつかしい。まるで、こんなに長いあいだどこへいっていたのかと、風に叱られているみたい。

そこは凍てつく荒れ地の真ん中だった。空気は身を切るように冷たく、まわりでは枯れ葉が舞っている。まだ立っているわずかな木々は風に揺られ、寄る辺のない折れた枝はさびしく仲間を求めている。左を見て、右を見て、まっすぐ前を見る。

なにもない。

キャッスルは、このあたりにはかつて木や草が生い茂っていたといっていた。最初に隠れ場所を探していたころ、この土地はまさに理想的だったといっていた。けれど、それはずっと昔の話――何十年も前のこと――いまはすっかり変わりはてていた。自然そのものが変わっていた。そしてもう、この場所から移動するのは手遅れだ。

だから、わたしたちはできることをする。

これがもっともむずかしいところだ、とキャッスルはいう。われわれは、外では弱い。たとえ市民の格好をしていても、目につきやすい。なぜなら、市民はこんなところにはいないからだ。市民に居住区の外に出る用事はない。再建党が安全と判断した規制区域から出てはいけないのだ。規制区域外にいるところを見つかったら、まがいものの新政府が定めた法律を破ったとみなされ、厳しい処分が待っている。

だから、できるだけ早く、居住区に入らなければならない。

計画では、ケンジが——どんな背景にも溶けこんで姿を消す能力のある彼が——みんなよりひと足先を進み、行く手が安全かどうか確認することになっている。ほかのみんなはこっそりと、いっさい物音を立てず、慎重に後ろをついていく。前後一メートルほど間隔を開け、いざとなればいつでも走って逃げられるように備えておく。オメガポイントでのみんなの親密さを考えると、キャッスルがいっしょに行動するようにいわないのは妙な気がする。でも、これはほかのたくさんの仲間を守るためだ、と彼はいう。仲間のための犠牲。ほかの仲間を逃がすためなら、わたしたちのひとりが喜んでつかまらなくてはならない。

ひとりの犠牲でチームを救うのだ。

前方に異常なし。

少なくとも三十分は歩いているけれど、この荒れた土地を警備している人はだれもいないようだった。まもなく、居住区が見えてきた。金属の箱のかたまりがいくつも連なり、老いてぜいぜい息をしているような土地に、たくさんの立方体がかたまって山をなしている。わたしはコートの前をぎゅっとかき合わせた。風が人間の体をなで切りにしようと、体当たりしてくる。

今日は生きていられないくらい寒い。

わたしはこの服装の下に、いつもの服――体温の調節をしてくれる服――を着ているのに、それでも凍えそうだ。ほかの人たちがいまどんな思いをしているかは、想像もつかない。ちらっとブレンダンを見ると、彼もこちらを見るところだった。目が合った時間は一秒もなかったけれど、彼は確かにほほえんでくれた。風が彼のうれしそうな視線に焼きもちをやいて、わたしをぶつ。頬が赤とピンクに染まった。

彼の目は青い。どこまでも青い。

すごく奇妙な、薄くてほとんど透き通った青だけれど、それでもやっぱりどこまでも青い。青い瞳はこれからもずっとアダムを思い出させるだろう。そう思ったら、またあれがぶつかってきた。わたしという存在の芯の部分に、まっすぐ激しくぶつかってきた。

あの痛みが。

「急げ！」ケンジの声が風のなか、わたしたちの耳にとどいた。けれど、彼の姿はどこにも見えない。わたしたちが居住区の最初のブロックに足を踏み入れるまで、あと1・5メートルもない。なのに、わたしはなぜかその場に凍りついてしまう。血と氷と折れたフォークが背中を駆け下りる。

「進めっ！」また、ケンジの声がひびく。「居住区に近づいて、顔を隠せ！　三時の方向に兵士がいる！」

わたしたちはいっせいに走りだす。走りながら、目立たないように気をつけて、すぐに金属製の住居の横に飛びこむ。それから体を低くして、そこらじゅうにあるゴミの山から鉄や鋼の切れ端を拾うたくさんの人たちのひとりのふりをする。

居住区はゴミだらけの広い原っぱにあった。生ゴミやプラスチックや切り刻まれた金属片がそこらじゅうにちらばっていて、子ども部屋いっぱいに紙吹雪をばらまいたみたいに見える。雪がすべてをうっすらとおおっているようすは、まるで地球がわたしたちの到着前に、醜いものを隠そうと愚かな努力をしていたかのようだ。

顔を上げる。

肩ごしにふり返る。

まわりを見る。禁止されていたけれど、そうせずにはいられなかった。本当は、ここに住んでいる人のように、ずっとうつむいていなければいけない。見慣れた光景だというふりを、肌を刺す寒さのなかで顔を上げてなんかいられないというふりをしなくてはいけない。ほかの見知らぬ人たちのように、少しでも寒くないようにぎゅっとちぢこまって、背中を丸めていなくてはいけない。でも、こんなにたくさん見るべきものがある。じっくり見たいものがいっぱいある。こんなこと、初めて。

わたしは思いきって顔を上げた。

すると、風に喉をつかまれた。

ほんの5メートルほどのところに、ウォーナーが立っている。

体にぴったりのスーツは、深みのある黒がまぶしいくらい。前を開けて肩にはおったピーコートは、苔むした木の幹のような色で、彼の目の鮮やかな緑より5段階くらい濃い。きらめく金のボタンは、金色の髪をすばらしく引き立てている。黒いネクタイ、黒い革の手袋、ぴかぴかの黒いブーツ。

完璧。

非の打ちどころがない。ゴミと残骸のなかに立ち、この風景の暗い色彩にかこまれていると、なおさらそう見える。陽射しを背にして浮かび上がった彼は、エメラルドとオニキスの幻。これはいったいなんなんだろう。彼は輝いているのかもしれない。頭のまわりに見えるのは、神か天使の後光かもしれない。これは世界がつくった皮肉のひとつなのかもしれない。ウォーナーは、アダムでさえかなわないほど美しい。

ウォーナーは人間じゃない。

人間らしいところがなにもない。

彼はあたりを見回し、朝の光に目を細くしている。強い風がボタンを留めていないコートをあおり、その下にある腕が見えた。包帯を巻き、三角巾で吊ってある。

近い。

すぐ目の前だ。

ウォーナーのまわりをうろついている兵士たちは、命令を待っていて、なにかを待っていて、わたしは目を引きはがせない。こんなに近くにいながらこんなに遠いことに、奇妙な興奮を感じずにいられない。有利な立場にいる気さえする——彼に気づかれずに観察できるなんて。

彼はひねくれた変わり者だ。

わたしは忘れられるだろうか。彼にされたこと。彼にさせられたこと。もう少しで、また人を殺すところだったこと。そのことでは、永遠に彼を憎むだろう。けれど、ふたたび彼に立ち向かわなければならないときが、きっと来る。

いつの日か。

まさか、居住区で出くわすなんて思いもしなかった。彼が市民の家を訪問していたことすら知らなかった——といっても、基地にいたころ、彼がわたしといっしょにいない時間をどんなふうにすごしていたかは、ほとんど知らなかった。こんなところでなにをしているのかなんて、見当もつかない。

ウォーナーはようやく兵士たちになにかいい、兵士たちはすばやく一度うなずいて消えていった。

わたしはウォーナーのすぐ右にあるものを見ているふりをする。顔を上げないように気をつけて、首をわずかに横へかたむける。これなら、もし彼がこちらを見ても、顔を見られる心配はない。わたしの左手が上へのび、帽子を引っぱって耳までかぶせる。右手はゴミをえりわけているふりをする。その日を生きのびるために、鉄くずを探しているふりをする。

こうして生計を立てている人々もいるのだ。みじめだけれど、これもひとつの仕事だ。

ウォーナーが怪我をしていないほうの手で顔をさすった。一瞬目をおおった後、その手が口で止まり、唇を押さえる。言葉が飛び出すのを必死にこらえているかのように。

彼の目はなんだか……不安そうだ。でも、きっと目の錯覚だろう。

わたしは、周囲の人々を見ているウォーナーを観察した。彼の目を釘づけにしているのが、小さな子どもたちであることがわかった。子どもたちは無邪気に追いかけっこをしている。あの子たちは、失った世界のことなんて知らない。あの子たちが知っているのは、この荒涼とした暗い場所だけ。

子どもたちを見つめるウォーナーの表情を読もうとしても、彼は慎重に完全な無表情をたもっている。まばたきするだけで身じろぎもせず、風のなかの彫像のように直立している。

野良犬がまっすぐウォーナーのほうへ近づいていく。

わたしはとつぜん動けなくなる。あの小さな生き物が心配になる。あの凍えそうな弱々しい犬は、たぶん食べ物の切れ端を探しているのだろう。これからの二、三時間、飢えをしのげるだけの食べ物を。わたしの胸のなかで心臓の鼓動が早くなり、血液をすごい速さで送りだす。

なぜかわからないけれど、なにか恐ろしいことが起こりそうな予感がする。

犬はウォーナーの脚の後ろにぶつかった。ちゃんと目が見えず、自分の行く先がよく見えないようだ。荒い息をして、口の横から舌をだらりと垂らしている。どうしたら舌を口のなかにしまえるのか、わからないみたい。犬は哀れっぽい声で少し鳴き、ウォーナーの最高級のズボンをよだれでべたべたにする。そのとき金色の青年がふり向き、わたしは息をのんだ。彼は銃で犬の頭を撃ち抜くかもしれない。

彼が人間に対してそうするところを、わたしはすでに見たことがある。ところが、小さな犬が目に入ると、ウォーナーの顔がほころんだ。完璧な顔にしわがより、驚きに眉が上がって目が大きくなる。ほんの一瞬だったけれど、確かに見た。

ウォーナーは周囲にすばやく目をやると、さっと犬を抱き上げ、低いフェンスの向こうへ消えた。それぞれの住居を区切るのに使われている、低く短いフェンスのひとつだ。わたしは急に、彼がなにをするつもりなのか見たくてたまらなくなった。それに心配で、すごく不安で、ほとんど息ができない。

ウォーナーが人間に対してなにをするか、わたしは見てきた。非情な心、冷酷な目、完全な無関心、人を殺した後も揺るがない平然とした冷静な態度を見てきた。その彼が罪のない犬になにをしようとしているのかは、想像するしかない。

この目で見なきゃ。

彼の顔を頭から追い出さなくてはならない。そのために必要なものが、これだ。彼はひねくれた異常な人間だという証拠、彼はいままでもこれからも間違っているという証拠。

せめて、立ち上がることができれば、彼が見えるのに。彼が哀れな動物にしていることを見ることができれば、手遅れになる前に彼を止める方法を見つけられるかもしれない。そのとき、キャッスルの声がした。声をひそめて、わたしたちを呼んでいる。ウォーナーがいなくなったから、いまのうちに進めといっている。「全員進め、ばらばらに動け」キャッスルはいう。「作戦どおりに行動しろ！　だれの後にもついていくな。全員、荷受所で会おう。たどりつけなかった者は置いていく。三十分後だ」

ケンジがわたしの腕を引っぱっている。立って、集中して、前を見ろといっているのだ。わたしが少しだけ顔を上げると、ほかのみんなはすでに散った後だった。なのに、ケンジは動こうとせず、小声で悪態をついている。わたしはようやく立ち上がって、うなずいた。作戦は理解しているとケンジに告げ、ひとりで行ってと合図する。いっしょにいるところを見られてはいけない。わたしたちは二人連れやグループで歩いちゃいけない。人目についちゃいけないんだから。

ようやく、彼は背を向けて歩きだした。

わたしは去っていくケンジを見つめた。それから数歩進んで回れ右をすると、その住居の後ろへ駆けこみ、壁に背中を押しつけて隠れた。

あたりに目を走らせると、最後にウォーナーを見たフェンスがあった。背のびをしてのぞいてみる。

わたしは声がもれないように、手で口を押さえなくてはならなかった。ウォーナーが地面にしゃがんで、怪我をしていないほうの手で犬になにかをやっていたのだ。やせこけた犬はがたがた震え、ウォーナーの開いたコートのなかで丸くなり、あまりに長いあいだ凍えていた短い脚を暖めようとしている。しっぽをちぎれんばかりにふりながらウォーナーの目を見ようとしては、またすぐ暖かいコートのなかに引っこんでしまう。ウォーナーの笑い声が聞こえた。

彼の笑顔が見えた。

それは、彼をまったく別人に変えてしまう笑顔だった。彼の目に星屑を、唇にきらめきをあたえる笑顔。わたしはいままでこんな彼を見たことがなかった。それどころか、彼の歯さえ見たことがなかった。真っ白できれいにならんだ、完璧としかいいようのない歯。闇のように黒い心を持つ若者とは思えない、あまりにも完璧な姿だ。いまわたしが見ている人物の手が、人々の命を奪ってきただなんて信じられない。目の前の彼はやさしく、無防備に見える——とても人間らしく見える。満面の笑みで目は細くなり、頬は寒さでピンク色になっている。

えくぼがある。

彼は、わたしがいままで見てきたもののなかで、間違いなくいちばん美しい。

こんな彼、見なければよかった。

心のなかでなにかが裂けていく。不安にも似た感覚で、恐怖にも似た痛み。パニックと心配と絶望の味がする。目の前の光景を、どう理解すればいいのかわからない。こんなウォーナー、見たくない。彼は怪物としか思いたくない。

こんなの、おかしい。

速く動きすぎた。間違った方向へ足を踏み入れてしまった。急にひどく愚かになって、どこへ行けばいいのかわからなくなる。逃げるのに使えた時間をムダにした自分にうんざりする。キャッスルとケンジはきっと、こんな危険を冒したわたしを始末する準備をするだろう。でもふたりには、いまのわたしの頭のなかがどんな状態かはわからない。わたしがどんな――。

「おい！」ウォーナーが怒鳴った。「そこのおまえ――」

わたしは思わず顔を上げてしまう。それがウォーナーに返事をしたことになると気づいたときには、もう遅かった。彼は立ち上がっていた。その場に凍りつき、まっすぐわたしの目を見つめ、怪我をしていないほうの手を動かしかけたまま静止している。

やがて、その手が力なく落ち、口がぽかんと開く。呆然として、一時的に麻痺している。

彼の喉で言葉が死ぬのが見えた。

わたしはウォーナーの視線に立ちすくむ。彼はそこに立って、荒い息をし、唇はいまにも言葉を形作ろうとしている。きっと、わたしの死を告げる言葉だ。なにもかもわたしが愚かだったせいだ、無分別で、バカだったから――

「とにかく大声を出すな」

だれかの手がわたしの口をおおった。


わたしは動かない。

「離すぞ、いいか？　おれの手を握れ」

下を見ずに手をのばすと、手袋をした手が合わさるのを感じた。ケンジがわたしの口から手を離す。

「ったく、バカ！」とケンジにいわれても、わたしはまだウォーナーを見つめている。ウォーナーはというと、まるで幽霊でも見たかのように、まばたきしたり目をこすったりしてとまどっている。ひょっとしてこの小動物に魔法をかけられたのかとでもいうように、ちらっと犬を見ると、金色の髪をかきむしってせっかくの完璧なヘアスタイルを台なしにした。そして、すばやく立ち去り、わたしは目で追うことができなくなる。

「いったい、どうしたってんだ？」ケンジがたずねる。「てか、おれの話を聞いてるか？　気でも違ったか？」

「さっき、なにをしたの？　どうしてウォーナーは――あっ」わたしは息をのみ、自分の体に目をやった。

完全に姿が消えている。

「礼はいらねえ」ケンジはぶっきらぼうにいい、わたしをその住居から引っぱっていく。「それから声を落とせ。姿は消せても、声までは消せねえんだから」

「こんなこともできるの？」彼の顔を探しても、宙に向かって話しているようなものだ。

「ああ――投射ってやつだ、覚えてるか？　キャッスルから説明を聞いてないか？」説明をさっさとすませ、早くわたしへの小言にもどりたがっている。「だれでもできるわけじゃねえ――すべての能力が同じってわけじゃないから――だが、もしあんたが死なねえうちにアホな真似をするのをやめられたら、そのうち教えてやらないこともない」

「わたしを助けにもどってきてくれたのね」ケンジのきびきびした歩調に必死でつい

ていく。彼に怒られても、少しもいやな気がしない。「どうして、もどってきてくれたの？」

「あんたがアホだからさ」

「わかってる。ほんとにごめんなさい。どうしても我慢できなくて」

「我慢しろ」ケンジはつっけんどんにいい、わたしの腕を引っぱる。「あんたがムダにした時間をとりもどすために、これから走らなきゃならねえ」

「なぜ、もどってきてくれたの、ケンジ？」わたしは抑えきれずに、またたずねる。

「わたしがまだここにいるって、どうしてわかったの？」

「見張ってたからさ」

「え？　なに――」

「おれはあんたを見張ってるんだ」ケンジの口から、また言葉がいらだたしげに飛び出す。「それもおれの仕事のひとつだ。最初の日からずっとそうしてきた。おれがウォーナーの軍隊に入った目的は、あんただ。あんただけだ。キャッスルはそのためにおれを送りこんだ。あんたはおれの仕事だった」彼はあまり口を開けずに、早口で淡々と話す。「この話は、前にしただろ」

「待って、どういう意味、わたしを見張ってるって？」わたしはためらいつつたずねた。彼の見えない腕を引っぱって、少し速度を落としてもらう。「わたしの行くところにどこでもついてくるの？　いまでも？　オメガポイントでも？」

ケンジはすぐには答えなかった。答えたときは、しぶしぶといった感じだった。

「まあ、そんなところだ」

「でも、なぜ？　わたしはもうここにいる。ケンジの仕事はすんだんじゃないの？」

「この話はもうしたじゃないか。忘れたか？　おれはキャッスルから、あんたがうまくやっていけるように助けてやってくれとたのまれていた。あんたから目を離すなといわれていた。といっても、べつにたいしたことじゃねえ。ただ、ほら、あんたが精神的にまいったりしないように気をつけろって意味さ」そこで、ケンジのため息が聞こえた。「あんたはそりゃあいろんな目にあってきた。キャッスルは少し心配してるんだ。とくにいまは――ほら、あんなことがあったばっかりだろ？　あんたはだいじょうぶそうには見えねえ。戦車の前に身を投げ出したがってるように見える」

「そんなことするわけないでしょ」

「ああ」とケンジ。「それでいい。とにかく。おれはただ、明白な事実を指摘してるだけだ。あんたには二つの状態しかない。ふさぎこんでるか、アダムといちゃついてるかだ――で、おれとしては、ふさぎこんでるほうがいいといわざるをえない

――」

「ケンジ！」わたしは自分の手を彼からふりほどきそうになる。わたしの手を握る彼の手に力が入った。

「手を放すな」また叱られた。「放すんじゃない。放せば、俺の力がおよばなくなる」ケンジはわたしを引っぱって、空き地の真ん中を進んでいく。居住区からかなり離れているので話し声を聞かれる心配はないけれど、安全な荷受所まではまだまだ遠い。さいわい、雪は足跡が残るほどべたついてはいなかった。

「わたしたちをスパイしてたなんて、信じられない！」

「スパイをしていたわけじゃねえ。ったく。落ち着けって。いいかげん、ふたりとも落ち着いてもらいてえよ。すでにアダムには、この件で面と向かって癇癪をぶつけられた――」

「え？」パズルのピースがようやく収まるべきところに収まりはじめる。「先週の朝食のとき、アダムがあなたに冷たかったのはそのせいだったの？」

ケンジは歩く速度を少し落とし、深呼吸した。「あいつは、おれが自分の立場を利用して楽しんでいると思ったんだ」利用という言葉を、奇妙な汚い言葉のようにいう。「おれが姿を消して、あんたの裸やなんかを覗いてると思ってるのさ。いいか――そんなもん知るかってんだ。あいつはわからずやだよ。おれはただ自分の仕事をしているだけだ」

「でも——もちろん、そんなことしてないわよね？　わたしの裸やなにかを見ようとなんて？」

ケンジは鼻を鳴らし、笑いだして言葉につまる。「よく聞け、ジュリエット」また笑いながらいう。「おれは目が見えないわけじゃねえ、だろ？　純粋に身体的な意味でだ。そりゃ、あんたはかなりセクシーだ——それに、いつも着ていなきゃならねえあの服も、悪くない。けど、もしあんたに〝わたしがさわったら、死ぬわよ〟ってやつがなかったとしても、あんたはおれのタイプじゃねえ。断言してもいい。それになにより、おれは覗きをするような変態じゃねえ。おれは自分の仕事を真面目に考えている。この世界ですげえことをやってのけ、そのことで人に尊敬されたいと思ってる。ところが、あんたの大事なアダムは欲望に目がくらんで、まともに考えられねえんだな。あんたがなんとかしてやるべきじゃないのか？」

わたしは目を落とす。しばらくなにもいわない。それから「もう、その心配はしなくてよくなると思う」といった。

「あ、やべ」ケンジはため息をついた。どうして、わたしの恋愛の悩みなんかを聞くはめになったのかという顔だ。「おれ、よけいなことに首をつっこんだよな?」

「だいじょうぶよ、ケンジ。この話はもういいわ」

いらだちのまざったため息。「おれは、あんたが苦しんでいることを気にしてないわけじゃねえ。あんたがふさぎこんだりしてる姿を見たいわけでもねえ。ただ、この世界は見てのとおりめちゃくちゃだ。だから、あんたがいつも自分の小さい世界にとらわれていることに、むかつくんだ。あんたの態度はまるで、これが全部――おれたちのしていることは全部――ジョークだと思っているみてえだ。なにひとつ真剣に受け取らねえ――」

「なにいってるの?」わたしは彼をさえぎる。「そんなことない――わたしはちゃんと真剣に――」

「嘘だ」ケンジは短く鋭い笑い声を上げた。怒っている。「あんたのすることといやあ、なにをするでもなく、ただ自分の気持ちを考えているだけだ。あんたは問題を抱えてる。ぴいぴい泣きわめいてる。親にきらわれてりゃあ、つらいだろう。それに、一生手袋をつけていなきゃならねえ。素手でさわると、相手を殺しちまうからな。けど、それがどうした?」ケンジの荒い呼吸が聞こえる。「いいか、あんたには食い物があり、着る服があり、好きなときに用を足せる場所がある。それで問題を抱えてるなんていうか？　王さまみたいな暮らしってんだ。だから、そろそろ成長してくれよ。この世界がわたしのなけなしのトイレットペーパーを使っちゃったのって顔でほっつき歩くのをやめてくれよ。な？　だって、ばかばかしいだろ」ケンジは自分の感情をかろうじて抑えている。「ばかばかしいし、不愉快だ。世の中のほかのみんなが、たったいま、どんな思いをしているか、あんたはまるでわかっちゃいねえ。まったくわかっちゃいねえんだよ、ジュリエット。しかも、気にかけてもいねえ」

　わたしは息をのんで、ぐっとこらえる、

「おれはいま、努力している」ケンジはつづける。「あんたに挽回のチャンスをやろうとしている。考え直す機会をあたえつづけている。あんたがそれまでの〝かわいそうな少女〟を脱して——いつまでもしがみついている〝かわいそうな少女〟を捨てて——自分の足で立ち上がるチャンスをあたえてやってるんだ。泣くのはやめろ。暗がりにすわりこんで、ああ悲しい、ああ淋しいなんて、身勝手な気持ちに閉じこもるのはやめろ。目を覚ませ。朝、ベッドから出たくないと思っている人間は、この世であんたひとりじゃないんだぞ。親との問題や忌々しいＤＮＡを抱えてるのもな。いま、あんたはなりたい人間になれる。しょうもねえ親は、もういねえ。もう汚い施設にいるわけでもなけりゃ、ウォーナーの胸糞悪い実験の対象にされてるわけでもねえ。だから、選択しろ。さっさと選択して、みんなの時間をムダにするのをやめろ。自分の時間をムダにするのをやめろ。わかったか？」

わたしは恥ずかしさに包まれる。

熱が体の芯をのぼってきて、体のなかから焼き焦がす。彼の言葉にこめられた真実に、心底ぞっとする。

「行くぞ」そういったケンジの声は、ほんの少しだけやさしかった。「走らなきゃ」

わたしはうなずく。ケンジには見えなくても。うなずいて、うなずいて、うなずく。いまはだれにも顔を見られる心配がなくて、本当によかった。

「わたしに箱を投げるのはよしてくださいよ、まったく。それはわたしの仕事です」ウィンストンは笑って、セロファンで厳重にくるまれた包みをつかみ、べつの男の顔めがけてひょいと放った。わたしのすぐ隣に立っている男だ。

わたしはさっと首をすくめる。

もうひとりの男がぼやきながら包みをつかむと、にやりと笑ってウィンストンに中指を立てた。

「上品にやりましょうよ、サンチェス」ウィンストンはそういって、次の包みを放る。

サンチェス。彼の名前は、イアン・サンチェス。わたしがそれを知ったのは、ほんの数分前。彼とわたしとほか数人で、流れ作業の列を組んだときだった。

いまわたしたちは、再建党の管理する倉庫群のひとつにいる。

ケンジとわたしは、どうにかみんなに追いついた。全員、荷受所（排水溝といってもいいようなところだ）に集合。ケンジはこちらに鋭い視線を向け、指をさしてにやりとすると、わたしをほかのみんなと残して、キャッスルと次の任務について話し合った。

次の任務は、倉庫に侵入することだった。

皮肉なことに、せっかく物資を求めて地上を歩いてきたのに、それを手に入れるにはまたもぐらなくてはならない。倉庫群は地下に隠されているのだ。

そこには、想像できるありとあらゆるものがつまっている。食料、医薬品、武器。生きのびるのに必要なものが、すべてある。キャッスルが今朝、オリエンテーションで説明してくれた。地下に物資を保存するのは、市民の目から隠すのにいいが、じつはキャッスルにとってもありがたいのだという。彼はかなり遠くから物を感知し――動かす――ことができる。たとえ地下7、8メートルという距離でも。倉庫に近づけば、彼はすぐにそれを感じ取ることができる。それぞれの物が持つエネルギーを感知できるからだ。そして、念じるだけで物を動かせる——すべての物に備わっているエネルギーに触れることができるからだ。キャッスルとケンジはひたすら歩き回って、オメガポイントから半径30キロ以内に5つの倉庫群があることをつきとめていた。キャッスルが感知し、ケンジがふたりの姿を消して探したのだ。ふたりは半径80キロ以内に、さらに5つの倉庫群を見つけた。

忍びこむ倉庫は、順番に変えていく。けっして同じ物は盗らず、分量も変え、できるだけ多くの場所から拝借する。倉庫の場所が遠くなれば、それだけ危険になる。今回忍びこんだ倉庫はいちばん近いので、もっともやりやすいといえる。だから、わたしがついていくのを許されたのだ。

足を使う仕事はすべてすんだ。

ブレンダンはあらかじめ電気系統を混乱させ、すべてのセンサーと監視カメラを切る方法を心得ているし、ケンジは暗証番号を手に入れてある。姿を消して、兵士が番号を打ちこむところをのぞいたのだ。こうしてかせいだ30分で、わたしたちはできるだけ手早く必要な物資を荷受所に集める。そこでひたすら待ち、盗んだ物資を車に積みこむ。

見事としかいいようがない。

全部で6台のバンが——見た目はそれぞれ微妙に違う——それぞれ違った時刻に到着する。このほうが見つかる確率が少ないし、少なくとも1台は問題なくオメガポイントにたどりつける可能性が高くなる。キャッスルは万一に備え、100もの緊急対応策を考えてあるようだった。

ここで作業にほんの少しでも緊張しているのは、わたしだけだった。実際、わたしとほかの3人以外は、何度か来たことのある人ばかりで、みんな勝手知ったる場所のように歩き回っている。だれもが慎重で手際がいい。そのうえ、笑いや冗談が出るほど落ち着いてもいる。自分たちがしていることを、ちゃんとわかっているのだ。わたしたちは倉庫に入るとすぐ、2つのグループに分かれた。1つは流れ作業の列を作り、もう1つは必要な物資を集める。

もっと重要な仕事を任された人もいる。

リリーは、写真さえ赤面するほどの記憶力の持ち主だ。彼女はみんなより先に入り、室内にすばやく目を走らせ、細部まで記憶する。そして帰るとき、置き忘れているものがないか、わたしたちがもらっていったもの以外になくなっているものや置き場が変わっているものはないかを確認する。ブレンダンは、わたしたちの予備発電機だ。

防犯システムの電源を落として、暗い倉庫内に明かりをつけるという離れ業をやってのける。ウィンストンは2つのグループを監督し、わたす側と受け取る側の取り次ぎをしたり、物資を必要な量だけ確保しているか確認したりしている。彼は腕と脚を好きなだけのばすことができるので、部屋の両端まですばやくかんたんに手がとどく。

キャッスルの役割は、わたしたちの集めた物資を外へ出すこと。流れ作業の列の最後に立ち、常にケンジと無線で連絡しあっている。そして異常がないかぎり、わたしたちが集めた百キロを超える物資を、片手で荷受所へ持っていく。

ケンジは、もちろん見張りだ。

もしケンジがいなかったら、こんなことはまず不可能だっただろう。彼はわたしたちの透明な目と耳だ。彼なしではこんなに安全ではいられないし、こんなに危険な任務を安心しておこなうことなんてできない。

今日はこれが初めてではないけれど、なぜケンジがそんなに重要な人物なのか、わたしにもだんだんわかってきた。

「おーい、ウィンストン、ここにチョコレートがないか、だれかに確認させてくれないか？」エモリー――わたしの流れ作業のグループにいる男の人――がそういって、いい知らせを待つようにウィンストンに笑顔を向けた。というか、エモリーはいつでも笑顔だ。まだ知り合って二、三時間しかたっていないけれど、オリエンテーションでみんなと顔を合わせた午前6時から、ずっとにこにこしている。すごく背が高くて、すごく大きくて、おまけに巨大なアフロヘア。アフロなのに、なぜか髪がしょっちゅう目に落ちてくる。彼は物資の入った箱を次から次へと、まるで綿の入った箱のように軽々とわたしていく。

ウィンストンは首をふり、笑いをこらえながら、エモリーのリクエストをべつのグループに伝えた。「本気でいっているんですか？」エモリーを見ると同時に、ずり下がっていたプラスチックのメガネをそっと上げる。「ここにあるすべての物のなかで、あなたがほしいのはチョ、コ、レ、ー、トなんですか？」

エモリーの笑顔が消える。「だまれ、この野郎、おれのお袋の好物だってことくらい知ってるだろ」

「いつもそういってますよね」

「お袋の好物はいつも同じだからな」

ウィンストンはだれかに、もうひとつ石鹸《せっけん》の箱をとってくれというと、またエモリーに向き直った。「だけど、あなたのお母さんがチョコレートを食べているところなんか、いままで見たことがありませんけどねえ」

エモリーはウィンストンに、超人的に柔らかい手脚についてひどく差別的なことをなにかいった。わたしはイアンからわたされたばかりの箱をちらっと見下ろし、手を止めて包装をよく見てから隣へわたした。

「ねえ、どうしてここの箱にはみんな〝RNW〟のスタンプがあるの？」

イアンがぱっとふり向く。ぎょっとしている。まるで、たったいま服を脱げといわれたような顔でこちらを見ている。「うわ、驚いた。この子、しゃべるんだ」

「しゃべるにきまってるでしょ」とわたし。おかげで、すっかりしゃべる気が失せてしまった。

イアンは次の箱をわたしに回して、肩をすくめる。「ああ、いまわかった」

「あ、そう」

「これで謎がひとつ解けたよ」

「本気で、わたしがしゃべれないと思ってたの？」少しして、わたしはたずねた。「口がきけないと思ってた？」ほかにわたしのどんな噂が広まっているんだろう？

イアンは肩ごしにわたしを見て、笑いをこらえているような顔でほほえんだ。首をふり、わたしの質問には答えない。「スタンプは」と口を開く。「なんにでも押す決まりなんだ。連中はなんにでもRNWのスタンプを押して、行き先を確認できるようにしている。べつにめずらしくはない」

「でも、RNWってどういう意味？　だれがスタンプを押してるの？」

「RNW」イアンは3つの文字を、わかるだろうというようにくり返した。「世界の再建された国々（Reestablished Nations of the World）って意味さ。ほら、なにもかもが世界規模になっちまっただろ。世界じゅうの国々が物資を取り引きしている。しかも、そのことを本当にわかっている人間はだれもいない。それも、再建党がクズだっていう理由のひとつさ。連中は地球の資源を独占して、全部自分たちのものにしてるんだ」

　こういう話なら、いくつか覚えている。アダムと施設に閉じこめられていたとき、彼と話したことがある。彼に触れるのが、彼といっしょにいるのが、彼を傷つけるのかどうかとか、知る前のことだ。再建党はずっと地球規模で活動していた。わたしはただ、それに名前があったことを知らなかっただけだ。

「そうだった」わたしはイアンにいう。つい、考えこんでしまった。「確かに」

　イアンは少し話をやめ、わたしに次の箱をわたす。「で、あの話は本当なのか？」そうたずねて、まじまじとわたしの顔を見る。「世の中でなにが起こっているのか、君はぜんぜん知らないのか？」

「知ってることもある」わたしは硬直する。「ただ、くわしくは知らないだけ」

「じゃあ、オメガポイントにもどってもまだしゃべり方を覚えていたら、たまにはおれたちといっしょにランチをとるといいかもな。いろいろ教えてやるよ」

「ほんと？」わたしは思わず彼のほうを向く。

「ああ、来いよ」イアンは笑って、また次の箱をわたしに放る。「本当に。かみつきゃしないから」


ときどき、接着剤について考える。

どうやってものをくっつけているのかと、わざわざ接着剤にたずねる人なんていない。ものをくっつけていることに飽きないのか？　くっつけたものがばらばらになってしまわないか不安じゃない？　来週の支払いはどうするの？　なんて、だれも聞かない。

ケンジはそういうタイプの人だ。

接着剤みたい。ものごとがうまく運ぶように舞台裏で働いている。彼にどんな物語があるのか、わたしはじっくり考えたことがない。どうして彼は、冗談や乱暴な言葉や皮肉たっぷりのコメントの裏に自分を隠しているんだろう？

でも、彼のいうとおり。彼にいわれたことは、なにからなにまで正しかった。

昨日の任務は、いいアイデアだった。わたしは逃げ出したかったし、外に出たかったし、生産的なことをする必要があった。そしていま、ケンジのアドバイスを聞いて、自分自身と闘うことにした。頭のなかを整理しなきゃ。重要なことに集中しなきゃ。自分がここでなにをしているのか、どうしたらみんなの役に立てるのか、考えなくてはならない。そして、もしアダムのことを少しでも心配しているのなら、彼の人生に関わらないようにしたほうがいい。

心の一部は、アダムに会えたらいいのにと思っている。彼が本当に回復しつつあるのか確かめたい。彼が少しずつ元気になって、きちんと食事をとり、夜はちゃんと眠れているのか確かめたい。けれど、心のほかの部分では、いま彼に会うのを恐れている。アダムに会うということは、さよならを告げることだから。もう彼といっしょにいられないことを認め、新たな人生——ひとりで歩む人生——を見つけなくてはいけないと思い知ることだから。

けれど、少なくとも、オメガポイントでは選択肢がある。もし、みんなに怖がられなくなる方法を見つけられたら、わたしにも友だちの作り方がわかると思う。強くなる方法も。自分の問題ばかり考えるのをやめることも。

これからは、状況を変えていかなくちゃ。

わたしは食べ物を取って、どうにか顔を上げた。昨日知り合ったいくつかの顔に会釈する。わたしが昨日外に出たことは、だれもが知っているわけじゃない——オメガポイントの外に出る任務への呼び出しは、秘密なのだ——けれど、周囲の人たちはなんとなく、いつもより少しだけ緊張していない気がする。

勝手な想像かもしれないけれど。

すわるところを探していたら、ケンジがこちらに手をふっているのが見えた。ブレンダンとウィンストンとエモリーも、いっしょのテーブルについている。わたしは顔がほころぶのを感じながら、そちらへ歩いていく。

ブレンダンはベンチの上でさっと体をずらし、場所を開けてくれた。ウィンストンとエモリーは食べ物を口に放りこみながら、会釈してくれた。ケンジは半分ほほえんだ顔を向けてくれた。彼のテーブルに歓迎されて驚くわたしを見て、目が笑っている。

いい気分。なんだか、うまくいきそうな気がする。

「ジュリエット？」

不意に、わたしはひっくり返りそうになる、
ゆっくり、そろそろとふり向く。いまのは幽霊の声だ。こんなに早くアダムが医療

棟から出られるわけがない。こんなに早く、アダムと顔を合わせなくてはならなくなるなんて、思いもしなかった。こんなに早く、この話をしなくてはならなくなるなんて、思っていなかった。ここじゃ、できない。食堂の真ん中じゃ、無理。

まだ心の準備ができていない。覚悟ができていない。

アダムはひどい様子だった。青ざめて、ふらついている。両手をポケットに突っこみ、唇をかたく引き結び、疲労と苦しみの浮かぶ目は底なしの深い井戸のよう。髪はぼさぼさ。Tシャツは胸に張りつき、タトゥーの入った前腕がいつもより目立つ。

彼の腕に飛びこみたい。ほかにはなにもいらない。

けれど、わたしはここにすわったまま、しっかり息をしなさいと自分にいい聞かせる。

「ちょっと話せるかな？」アダムはわたしの返事を聞くのを、少し恐れているようだった。「ふたりきりで？」

わたしはうなずく。まだ口がきけない。食事は置いていく。ケンジやウィンストンやブレンダンやエモリーのほうは見ない。だから、彼らがいまどう思っているのかはわからない。気にもならない。

アダム。

アダムがここにいる、目の前にいる、わたしと話したがっている、彼に伝えなきゃ、自分に死を宣告する言葉を。

とにかく、彼の後からドアを出る。廊下に出る。暗い通路を歩いていく。

そこでようやく、立ち止まった。

アダムがわたしを見る。こちらがいおうとしていることをわかっているようなので、わたしは口には出さない。どうしてもいうしかない状況にならないかぎり、なにもいいたくない。それより、ただここに立って彼を見つめているほうがいい。最後にもう一度、あつかましく彼に見とれていたい。ひと言も話す必要はない。なにもいう必要はない。

彼は感情を抑えるように、ぐっと唾を飲みこんだ。顔を上げる。目をそらす。ふうっと息を吐いて首の後ろをさすり、頭の後ろで両手を組むと、くるりと後ろを向いてしまい、顔が見えなくなる。けれど、そのせいで彼のシャツがずり上がり、わたしは両手を握りしめ、彼のウエストの後ろあたりに見えるわずかな肌に触れたくなるのを我慢しなくてはならなかった。

わたしから目をそらしたまま、アダムが口を開いた。「ほんとに――どうしても、君にいわなきゃならないことがある」彼の声を聞いて――ひどく悲しげでつらそうな声を聞いて――わたしはがくんと両ひざをついてしまいそうになる。

それでも、わたしはだまっている。

すると、彼がふり向いた。

わたしと向かい合う。

「なにかあるはずだ」アダムはいまや両手を髪に突っこみ、頭を抱えている。「妥協案のようなものが――なんとかやっていけると君を説得できることが、なにかあるはずだ。なあ、あるといってくれ」

すごく怖い。彼の前で泣きじゃくってしまいそうで、すごく怖い。

「たのむ」彼はいまにもポキンと折れてしまいそう。死んでしまいそうで、まさにこのせいでおかしくなってしまいそうに見える。「なにかいってくれ、たのむ――」

わたしは震える唇をかみしめる。

彼はその場に凍りつき、わたしを見つめて待っている。

「アダム」わたしは息を吸い、落ち着いた声をたもとうとする。「わたしはこれからもずっと、ずっとあなたを愛してる――」

「違う。やめろ、そんなこというなよ――そんなこといわないでくれ――」

わたしは首をふる。強く、強く、頭がくらくらするほど強くふる。でも、止められない。ひと言でも口を開けば、叫びだしたくなってしまう。彼の顔を見られない。自分が彼にしていることを見るのが耐えられない――。

「やめろ、ジュリエット――ジュリエット――」

わたしは後ずさり、よろけて自分の足につまずき、やみくもに壁へ手をのばしたとき、彼の両腕に包まれるのを感じた。ふりはらおうとしても、彼の力は強い。きつすぎるくらいしっかりとわたしを抱きしめ、彼は声をつまらせていう。「おれが悪かったんだ――こんなことになったのは、おれのせいだ――君にキスをするべきじゃなかった――君はおれにいおうとしていたのに、おれは耳を貸さなかった。本当に――本当にごめん」アダムはあえぎながらいう。「君のいうことを聞くべきだった。おれはそこまで強くなかった。けど、今度は同じことにはならない。ぜったいに」そういって、わたしの肩に顔を押しつける。「今回のことで、おれは自分をぜったい許さない。君はやってみようとしてくれたのに、おれがなにもかも台なしにしてしまった。悪かった。本当に悪かった――」

わたしの中身が完全に崩壊してしまう。

わたしはこれまでのことで、自分を憎んでいる。しなければならないことで、自分を憎んでいる。彼の苦しみを取りのぞいてあげられないことを憎んでいる。もう一度やってみてといってあげられないことを憎んでいる。困難だろうけど、とにかくやってみようといえないことを憎んでいる。なぜなら、これは普通の恋愛じゃないから。わたしたちの問題は解決しようがないから。

　わたしの肌に宿る力はけっして変わらないから。

　世界じゅうのどんな訓練も、わたしが彼を傷つける可能性をとりのぞくことはできない。わたしたちがついわれを忘れたら、彼は死んでしまう。わたしはこれからもずっと、彼にとっては脅威なのだ。とくに、ふたりですごすいちばん愛情のこもった、いちばん大切な、いちばん無防備なひとときは。わたしがいちばん望んでいるひとときは。それは、もう二度と彼とすごすことのできない時間。それに、彼はわたしなんかよりずっと、そういうひとときをすごす権利がある。わたしみたいに悩みばかり抱えてなにも差し出せない人間よりも、ずっと。

　でも、なにかいうより、ここに立って彼の腕に包まれているほうがいい。わたしは弱いから。あまりに弱くて、彼がほしくてたまらない。そんな気持ちにさいなまれる。震えを止められない、まっすぐ前を見られない、視界をにじませる涙のカーテンの向こうを見ることができない。

　そして、アダムはわたしを離そうとしない。

「たのむから」とささやかれつづけ、わたしは死にたくなる。

これ以上ここにいたら、ぜったいに気が変になってしまう。

だから、わたしは震える手を彼の胸にあてた。彼がこわばって体を引くのを感じ、彼の目を見られない。期待のこもった顔を見るのは耐えられない、ほんの一秒でも耐えられない。

アダムが一瞬驚いたすきに、わたしは彼のゆるんだ腕からすり抜ける。彼の温もりというシェルターから、彼の胸の鼓動から離れる。そして片手を突き出し、また手をのばそうとする彼を止める。

「アダム、お願いだからやめて。わたし――わたしには、で、できない――」

「ほかにはいないんだ」彼は少しも声を落とそうとせず、自分の声が通路にひびきわたるのも気にしない。震える手で口をおおい、その手を頭へ滑らせ、髪をかき上げる。

「ほかにはいない――君以外の人じゃだめなんだ――」

「やめて――だめ――」わたしは息ができない、息ができない、息ができない。「こんなことだめ――わたしみたいな人間といっしょになろうなんて、望んじゃだめ――けっきょくは、あなたを傷つけてしまう人間となんか――」

「なにいってんだよ、ジュリエット」アダムはさっと壁を向き、両手をぴしゃりと壁にたたきつける。息を荒げ、下を向き、つっかえながらとぎれとぎれにいう。「君はいま、おれを傷つけている。死ぬほど苦しめているんだ――」

「アダム――」

「行かないでくれ」彼の声は張りつめ、目はきつく閉じている。まるで、わたしが立ち去ろうとしているのをすでに知っているみたいに。そんなことを見るのは耐えられないというように。「たのむから」彼は苦しそうにささやく。「この問題から逃げないでくれ」

「わ、わたしだってそうしたい」声はひどく震えていた。「わたしだって、あ、あなたから離れたくない。あなたを愛する気持ちを小さくできたら、どんなにいいか」

そして彼の呼ぶ声を聞きながら、わたしは通路を駆けだした。彼がわたしの名前を叫んでいるのが聞こえるけれど、走って、走って遠ざかり、食堂の外に集まっていたたくさんの人たちの横を走り過ぎる。みんな、なにもかも見聞きしていたのだ。わたしはどこかへ隠れようと走っていく。ここでは隠れることなんて不可能だとわかっているのに。

わたしは毎日、来る日も来る日も、彼と顔を合わせなければならない。

彼がほしいのに、はるかかなたに離れていなくてはいけない。

ケンジの言葉を思い出す。目を覚ませ、泣くのはやめろ、変わるんだ。その新しい約束を果たすには、思っていたより少し時間がかかりそうだ。

いまのわたしに考えられるのは、暗い片隅を見つけて泣きじゃくることだけだから。

最初にわたしを見つけてくれたのは、ケンジだった。

ケンジは、わたしのトレーニングルームの真ん中に立っている。まるでこの部屋を初めて見るみたいにきょろきょろしている。もちろん、そんなわけはない。彼がなにをしているのかいまだにわからないけれど、オメガポイントでもっとも重要な人物のひとりであることだけはわかる。彼はいつも動いている。いつも忙しい。彼と一度に数分以上会える人は、だれも――最近のわたし以外は――いない。

なんだか、彼は一日のほとんどを……姿を消してすごしているみたい。

「さてと」ケンジが口を開いた。ゆっくりうなずき、頭の後ろで両手を組んでぶらぶらと部屋を歩き回る。「さっきのは、なかなか見物だった。この地下じゃ、ああいうお楽しみはめったにお目にかかれねえ」

屈辱。

わたしは屈辱をまとう。屈辱に塗りこめられる。屈辱に埋もれる。

「いや、こういうしかないね――あの最後のセリフ？　『あなたを愛する気持ちを小さくできたら、どんなにいいか』ってやつ？　あれはよかった。ほんと、マジで感動した。ウィンストンなんか、ほんと、涙流して――」

「やめて、ケンジ！」

「真面目にいってるんだ！」ケンジは怒る。「あれは、わかんねえけどよ、なんていうか美しかった。まさか、あんたとアダムがあそこまで真剣だとは思わなかったよ」

わたしは両ひざを胸に引き寄せ、部屋の隅にますます引っこみ、両腕に顔をうずめる。「気を悪くしないでほしいんだけど、いまは本当に、あ、あなたと話したい気分じゃないの。わかった？」

「いいや。わからねえ。あんたとおれで、することがあるんだ」

「いや」

「おいおい。いいから、立て」ケンジはわたしのひじをつかみ、引っぱって立たせようとする。わたしは彼をぶとうとする。

わたしは乱暴に頬をぬぐい、涙の跡を消した。「あなたの冗談につきあう気分じゃないの、ケンジ。お願いだから、どこかへ行って。わたしをひとりにして」

「だれも冗談なんかいってねえ」ケンジは壁際に積まれたレンガをひとつ手に取った。

「それに、あんたが恋人と別れたくらいで、世界が戦いをやめるわけじゃねえしな」

わたしは両の拳を震わせて彼をにらむ。思いきり叫んでやりたい。ところが、ケンジはまるで気にしない。「で、ここでなにするんだ？　ただすわりこんで……なにをしようってんだ？」片手でレンガの重みを確かめる。「こいつを壊してみるか？」

わたしは降参する。負けだ。床にすわりこんで、ひざを抱える。「わからない」そういって最後の涙をすすり上げ、洟《はな》をふく。「キャッスルのいうことは〝集中してごらん〟と〝自分の力をコントロールするんだ〟ばっかり」わたしは大げさなジェスチャーをまじえて話す。「でも、わたしにわかるのは、自分がものを破壊できるってことだけ――どうして破壊できるのかはわからない。だから、なぜキャッスルが、わたしが以前やったことを何度でもできると思っているのか、さっぱりわからない。わたしはあのとき、自分がなにをしているのかもわからなかった。いまやっていることだってわからない。状況はなにも変わってない」

「ちょっと待った」ケンジはレンガを元の山に放ると、わたしの向かいのマットに転がった。大の字になって体をのばし、頭の後ろで両手を組んで天井を見つめる。「なんの話だ？　あんたができると思われてることって、なんだ？」

わたしもマットに寝転び、ケンジと同じポーズになる。おたがいの頭は十センチくらいしか離れていない。「覚えてる？　わたしがウォーナーの拷問部屋で、コンクリートの壁を素手で壊しちゃったこと。それから、金属のドアも壊しちゃったの。ア、アダムを探してるときに」声がつまる。わたしは固く目を閉じて、心の痛みをしずめなくてはならなかった。

~~いまは彼の名前を口に出すだけでつらい。~~

ケンジはうなった。マットの上でうなずいているのがわかる。「わかった。ところでキャッスルは、あんたには、なにかに触れたときの例の力以外にも、もっとなにかあるんじゃないかといっていた。ほら、超人的な怪力っていうか、そういうものもあるかもしれないって。……自分でもそう思うか？」

「たぶん」

「で、なにが起こったんだ？」ケンジはもっとよくこちらが見えるように、首をかたむける。「あんたがイカれた怪物になっちまったときだよ？　なにか引き金になるものはなかったのか？」

わたしは首をふる。「本当にわからないの。ああいうことが起きるときは、なんていうか――完全に理性が吹き飛んじゃったみたいになるの。なにかが頭のなかで変化して、わたしを……わたしをおかしくさせる。まるで、本当に、精神的な病気の発作を起こしたみたいになってしまうの」ちらっとケンジに目をやっても、顔にはなんの感情も浮かんでいない。ただまばたきをして、わたしの話が終わるのを待っている。しかたなく、わたしは深呼吸して話をつづける。「まともに考えられなくなるの。アドレナリンで麻痺してしまって、自分では止めることもコントロールすることもできない。そういう激しい感情に支配されたとたん、それが出口を求める。そうなると、わたしはなにかに触れなきゃならなくなる。それを解放しなきゃいけなくなるの」

ケンジは片ひじをついて、わたしを見る。「けど、いったいなにが原因でおかしくなるんだ？　なにを感じた？　とことん頭にきたときだけ、そうなるのか？」

わたしはちょっと考えて、こういった。「ううん。いつもってわけじゃない」ためらってから、つづける。「初めてそうなったときは」声が少し震える。「わたしに小さい子ども相手にひどいことをさせたウォーナーを殺してやりたいと思った。わたしは怒っていて――すごく怒っていて――けれど同時に……すごく悲しかった」声が小さくなっていく。「それから、アダムを探していたときも」深呼吸。「あのときは、必死だった。とにかく必死だった。彼を助けださなきゃならなかったから」

「じゃあ、おれの前でスーパーマンになったときは？　ほら、怪力でおれを壁にたたきつけただろ？」

「あのときは、怖かったの」

「それから？　研究室のときは？」

「怒ってた」わたしは小声でいう。ぼやけた目で天井を見つめ、あの日感じた激しい怒りを思い出す。「人生であんなに怒りを感じたのは初めてだった。あんなふうに感じることができるなんて、思いもしなかった。あそこまで強烈な怒りを感じるなんて。それと、罪悪感もあった」わたしは小声でつけたした。「アダムがあんなところで苦しんでいるのは、わたしのせいだという罪悪感」

ケンジは深く長く息を吸った。そして体を起こしてすわると、壁にもたれた。なにもいわない。

「どう思う……？」わたしも起き上がって、ケンジといっしょにすわる。

「わからねえ」ようやく、ケンジはいった。「ただ、これだけははっきりしている。ああいう出来事は、強烈な感情が引き起こしたものだ。きっとメカニズムは単純に違いない」

「どういう意味？」

「引き金のようなものがあるってことさ。つまり、自制心を失うと、体が自動的に自己防衛モードに切り替わる。わかるか？」

「どういうこと？」

ケンジはわたしと向かい合った。あぐらをかき、両手を後ろにやってもたれる。

「そうだな、よく聞け。おれが初めて姿を消せることに気づいたときだけどな。偶然だったんだ。九歳のころだ。めちゃくちゃ怯えていた。細かいいやなことは早送りして要点をいうと、隠れる場所が必要だったのに見つからなかったんだ。けど、死ぬほど怯えていたら、おれの体が自動的になんとかしてくれた。おれは壁のなかに消えていた。溶けこんだっていうのかな」声を上げて笑う。「ぶったまげたよ。たっぷり十分間は、なにが起きたのかわからなかった。それにそのときは、どうしたら元にもどれるのかもわからなかった。あれはきつかった。自分は死んじまったんだって、二日間本気で思ってた」

「信じられない」わたしは息をのむ。

「だよな」

「つらかったと思う」

「だから、そういったろ」

「それで……それで、なに？　わたしもわれを忘れると、体が自己防衛モードに切り替わるってこと？」

「そんなとこだろう」

「わかった」と思う。「じゃあ、わたしはどうしたら通常モードに切り替えられるの？」

ケンジはどうやってその方法を見つけたの？」

ケンジは肩をすくめた。「自分が幽霊になったわけでも幻覚を見てるわけでもねえとわかったら、今度はかっこいいと思ったんだ。なにしろ、ガキだったからな。いやあ、興奮したね。背中にマントをくくりつけて、悪いやつらをやっつけられるってさ。おれは自分の力を気に入った。そのうち、いつでも好きなときに、この力を使えるようになった。だが」ケンジはつけたした。「コントロールの仕方と長時間力を使いつづける方法を学んだのは、本気でトレーニングを始めてからだ。かなりの努力と、相当の集中力が必要だった」

「かなりの努力」

「ああ――こういうことを解明するには、かなりの努力がいる。けど、その力も自分の一部だと受け入れちまえば、扱いは楽になる」

「でも」わたしはまた壁にもたれ、いらっとして息を吐いた。「わたしはすでに受け入れてるわ。なのに、ちっともうまく扱えない」

ケンジは大きな声で笑う。「はあ、受け入れてるだって？　まったく受け入れちゃいねえくせに」

「わたしは生まれたときからずっとこうなのよ、ケンジ――受け入れてるにきまってるじゃない――」

「いいや」ケンジはさえぎった。「まったく、受け入れてないね。自分自身をきらってる。そんな体でいることが耐えられねえんだ。そんなの、受け入れたっていわねえよ。そんなもん――なんていうか――正反対だ。あんたのやってることは」そういって、わたしを指さす。「受け入れることとは正反対だ」

「なにがいいたいの？」わたしはいい返す。「こんな自分を好きになれってこと？」そして彼にいい返すすきをあたえずに、つづけた。「こんな肌を持つのがどういうことか、あなたはぜんぜんわかってない――こんな体に閉じこめられて、人でも動物でも心臓が動いているものに近づきすぎると、息をするのも怖くなるってことをわかってない。もしわかっていたら、こんな人生に満足しろなんていえるわけがない」

「落ち着けって、ジュリエット――おれはただ――」

「だまって。はっきりいわせて、ケンジ。わたしは人を殺すの。殺してしまうのよ。それが、わたしの〝特別な〟力なの。背景に溶けこめるわけでも、念力で物を動かせるわけでも、腕をびっくりするほどのばせるわけでもない。わたしに長く触れた人は、死ぬのよ。そんな体で十七年間生きてみてよ。自分を受け入れるのがどれだけかんたんかって話をするのは、それからにしてほしいわ」

ひどく苦々しい思いが舌に残る。

こんなこと、初めてだ。

「聞いてくれ」ケンジの声はとてもやさしくなっていた。「おれは非難しようとしているわけじゃねえ。わかるか？　ただ、指摘しようとしているだけだ。あんたは自分の力を望んでいないせいで、無意識のうちに、その力を解明する努力を怠っているのかもしれねえ」ケンジは両手を上げて、降参したふりをする。「まあ、おれの意見にすぎないけどな。あんたになにかすげえ力があるのは明らかだ。あんたがさわると、人はバンと撃たれたみたいに死んじまう。けど、あんたは壁やなんかを素手で破壊することもできるんだろ？　つまりだな、おれだったら、なんとしてもそのやり方を知りたがるところだ。ぐずぐずいってんじゃねえよ。あれはすげえ」

「うん」わたしは壁にぐったりもたれかかる。「そっちの力は、そんなに悪くないかも」

「だろ？」ケンジがぱっと元気になる。「ありゃあ、最高だ。それに――ほら、手袋をつけたままなら――だれも殺すことなく、そこらにある物をただぶっ壊せる。それなら、あんたもそんなひでえ気分にならない。だろ？」

「たぶん」

「そうか。よし。じゃあ、リラックスすればいいだけだ」ケンジは立ち上がり、さっきいじっていたレンガをつかんだ。「始めるぞ。立って、こっちに来いよ」

わたしはそちらへ歩いていき、ケンジの持っているレンガを見つめた。彼は代々伝わる家宝をゆずりわたすかのように、レンガを差し出す。「いいか、リラックスしろ、わかるか？　自分の体が体の核に触れるのを許すんだ。自分のエネルギーをせき止めるのをやめろ。おそらく、あんたの頭のなかには、精神的な障壁が無数にあるはずだ。もう、我慢することはねえ」

「精神的な障壁なんてないってば――」

「いいや、ある」ケンジは鼻を鳴らす。「ぜったいにある。あんたは深刻な精神的便秘だ」

「精神的なに――」

「怒りをそのレンガに集中しろ。レンガにだ。忘れるな。よけいなことを考えるな。あんたはそのレンガを破壊したいんだ。自分にいい聞かせろ。これが自分のしたいことだ。自分の選んだことだ。これをするのは、キャッスルのためじゃねえ。おれのためでもねえ。だれかと戦うためでもねえ。自分がしたいだけだ。楽しみでやるんだ。そうしたい気分だから。そして、自分の心と体にまかせるんだ。わかったか？」

わたしは大きく息を吸いこみ、二、三度うなずく。「わかった。わたしはこう思ってる――」

「げっ、マジかよ」ケンジが低く口笛を吹いた。

「え？」わたしはぱっととふり返る。「どうしたの――」

「感じなかったのか？」

「感じるってなにを――」

「手を見てみろ！」

わたしは息をのんで、後ろによろけた。わたしの手には、粉々になった赤い砂と茶色い土のようなものがいっぱいついている。床には、もう少し大きいかけらが落ちていた。指のすきまからレンガの残骸をこぼしながら、悪いことをした手を顔へ持っていく。

顔を上げる。

ケンジは首をふりながら、笑っていた。「おれがいまどれだけ嫉妬してるか、わかんねえだろうな」

「はあ？」

「わかってる。わかってるよ。しかし、すげえ。考えてみろ。レ、レ、レンガにそれだけのことができるんだぜ。人、人、人間の体が標的なら、いったいどれだけのことができるか――」

それは、いってはいけないことだった。

いまはだめ。アダムとあんなことがあった後なのに。ばらばらになった夢と希望を拾いあつめて元どおりにくっつけようとした後なのに。いまはなにも残されていないのに。いまのわたしは、心の奥のどこかで、アダムとうまくやっていく方法が見つかるかもしれないと小さな希望を抱いていることに気づいていたのに。

心の奥のどこかで、わたしはまだ可能性にしがみついていた。

そしていま、その可能性が消えた。

アダムが恐れなくてはならないものは、わたしの肌だけではなくなってしまった。わたしが触れることだけでなく、つかんだり、ハグしたりすることも、わたしの手やキスも――わたしのすることはすべて、彼を傷つける可能性がある。わたしは彼の手を握るだけでも、気をつけなくてはいけない。自分がどれだけ危険な存在かという、この新しい事実のおかげで、この新しい情報のせいで――。

──わたしには選択肢がなくなってしまった。

わたしはこの先ずっと、永久にひとりぼっち。わたしから安全でいられる人は、だれもいない。

わたしは床に倒れこむ。激しく動揺している。頭のなかも、もう安全な場所じゃない。だって、考えるのをやめられない。悩むのをやめられない。やめられることなんて、なにもない。まるで正面衝突。わたしは罪のない傍観者じゃない。

わたしは列車。

かたむいて走る制御不能の列車。

ときどき人は自分を見る──こうであったらいいなという自分を──もし状況が違っていたら、こうだったかもしれないという自分を。そしてあまり近くで見すぎると、怖くなる。もしチャンスがあたえられていたら、なにをしていただろうと考えさせられる。自分のなかに、認めたくないべつの部分が、日の光のなかでは見たくない部分があることを知る。そしてそういう部分を押さえつけ、見えないところへ押しやり、頭から追い出すためにあらゆることをして、全人生をすごす。自分にそんな部分は存在しないというふりをする。

長いあいだ、そうやって生きる。

その長いあいだは、安全でいられる。

けれどやがて、そうではなくなるときがくる。

また、朝。

また、食事。

わたしは次のトレーニングの前にケンジと話し合っておこうと、朝食へ向かう。

ケンジは昨日、わたしの能力について結論を出してくれた。わたしが触れることによって起こる超人的な現象は、わたしのエネルギーの進化した形だという。肌と肌の接触は、その能力のもっとも原始的な形にすぎず——わたしの真の能力は、すべてを消費しつくすほどの力で、それは全身のあらゆるところにあらわれるのだ。

わたしの骨にも、血にも、肌にも。

おもしろい説ね、とケンジにいった。わたしはずっと自分のことを、食虫植物の人間版みたいな不気味な存在だと思っていた。そういうと、ケンジはこう返した。「おおっ！　うまいことというな。そうだよ。まさにそんな感じだ。いやあ、ほんとそうだ」

獲物を誘いこむ美しさ、と彼はいった。

絞め殺して破壊する強さ、と彼はいった。

体が接触したとたん、獲物を消化する毒性。

「あんたは獲物を消化するんだ」ケンジはそういって笑った。おもしろそうに、楽しそうに、女の子が食虫植物に例えられて喜ぶとでも思っているみたいに。おせじでもいっているみたいに。「だろ？　あんた、いってたじゃないか。人に触れると、その、相手のエネルギーを奪ってるみたいだって。自分が強くなる気がするって」

わたしは返事をしない。

「なら、あんたはまさに食虫植物だ。獲物を引き寄せ、捕えて、食っちまう」

わたしは答えない。

「うーーーん」ケンジはいった。「魅力的でとんでもなく危険な植物にそっくりだ」

わたしは目を閉じ、ぞっとして口をおおう。

「なにがそんなにいやなんだ？」ケンジはわたしと目を合わせようとかがみこんだ。

わたしの髪を軽く引っぱって、顔を上げさせる。「どこが、そんなに悪いんだ？　なぜ、そのすごさがわからない？」わたしを見て首をふる。「あんたは大事なことを見逃してる。わかるか？　自分のものにしさえすれば、その力はすげえものになるんだぞ」

自分のものにする。

うん。

まわりの世界をただ苦しめるだけなら、かんたんだろう。だれかに命じられるままに、相手の生命力を吸いとり、道端に放置して死なせればいい。だれかが指をさして「あいつらは悪い連中だ。ほら、あそこの男たちだ」といわれて。殺せ、といわれて。われわれを信頼しているなら殺せ。正しいチームで戦っているのなら殺せ。あの連中は悪者で、われわれは正しいんだから、殺せ。われわれの命令だ、殺せ。善と悪は派手な色の太い線ではっきり分けられると思いこんでいる愚かな人たちがいる。それくらいかんたんに区別できると思いこみ、良心にとがめられることもなく夜眠れる人たちがいる。それでいいんだと思っている人たちがいる。

生きる資格がないとみなされた人なら、殺したってかまわないから。

わたしは、こういいたい。死ぬべき人間を決めるあなたたちは、いったい何様？　殺されるべき人間を決めるあなたたちは、何者？　わたしにどの父親を殺すべきか、どの子を孤児にするべきか、どの母親から息子を奪うか、どの兄弟から姉妹を奪うか、どの祖母から孫を奪うかを決めるあなたたちは、いったいどういう人間？　孫を埋葬することになった祖母は、死ぬまでずっと毎朝泣くだろう。

　わたしは、こういいたい。生き物を殺す力をすごいなんていうあなたは、いったい自分をどういう人間だと思っているの？　他人を罠にかける力をおもしろいというなんて。銃なしで殺せるからって、他人の命を奪ってもいいというなんて。わたしは意地悪なことを、激しい言葉を、傷つけるようなことをいってやりたかった。罵詈雑言を投げつけて、どこか遠くへ逃げていきたい。地平線のかなたに消えて、道端に自分を捨ててしまいたい。そうして、自由に似たものにたどりつけたらいいのに。でも、どこへ行けばいいのかわからない。わたしには、ほかに行くところなんてない。

　それに、責任も感じる。

　怒りが流れ出てしまって、ただのみぞおちの痛みになってしまうとき、わたしは世界を見て、そこの人々や世界のありさまを思う。希望や見込みや可能性や潜在性について考える。半分水の入ったグラスのことを、世の中がはっきり見えるメガネのことを考える。犠牲について考える。妥協についても。だれも反撃しなかったらどうなるか。正しくないことに対して、だれも立ち上がらない世界について考えてみる。

　ひょっとしたら、ここのみんなが正しいのかもしれない。

　戦うときが来たのかもしれない。

目的を達する手段として、殺すことを本当に正当化できるだろうか？　それから、ケンジのことを考える。彼のいったことを考える。わたしが彼を獲物にすると決めても、まだ彼はわたしの力をすごいというだろうか？

たぶん、いわない。

ケンジはすでにわたしを待っていた。

今朝もウィンストンとブレンダンと同じテーブルについている。わたしは上の空でうなずきながら、目の前を見ないように気をつけて席に着く。

「あいつなら、いねえよ」ケンジはそういって、スプーンで朝食をかきこむ。

「え？」あら、このフォーク、なんてかわいいんだろう。このスプーンも、このテーブルも。「どういう意――」

「ここにはいねえ」ケンジは食べ物で半分ふさがった口でいう。

ウィンストンは咳ばらいをして、頭の後ろをかいている。ブレンダンはわたしの隣でもぞもぞする。

「あ、そ、そうなんだ――」首が熱くなる。わたしはこのテーブルの3人を見回した。

ケンジに聞きたい。アダムはどこにいるのか、なぜここにいないのか、どうしているのか、元気なのか、ちゃんと食事をとっているのか。聞くべきじゃない質問が百万個くらいあるけれど、目の前の３人がわたしの気まずい恋愛話なんか聞きたくないのは明らかだ。わたしだって、かわいそうな女の子にはなりたくない。同情はいらない。みんなの目に気まずい同情が浮かぶところなんて、見たくない。

だから、背すじをのばす。咳ばらいする。

「パトロールはどう？」わたしはウィンストンにたずねた。「状況は悪化してるの？」

ウィンストンは食べているとちゅうで、驚いて顔を上げた。あわててのみこみ、ゴホン、ゴホンと咳をする。それからコーヒーをすすり――ブラックコーヒーだ――真剣な顔で身を乗り出す。「それがますます奇妙なんです」

「そうなの？」

「はい、ほら、以前、ウォーナーが毎晩姿を見せるといったのを覚えていますか？」

~~ウォーナー。彼のほほえみが、笑顔が、頭から消えない。~~

わたしたちはうなずく。

「それがですね」ウィンストンは椅子の背にもたれ、両手を上げた。「昨夜はなにもなかったんです」

「なにも？」ブレンダンの眉が大きく上がる。「どういうことだよ、なにもないって？」

「だれもいなかったってことですよ」ウィンストンは肩をすくめた。フォークを取って、食べ物をつつく。「ウォーナーもいなかったし、兵士ひとりいなかった。一昨日の夜は」そういって、わたしたちを見回す。「五十人、いや、ひょっとしたら七十五人くらい兵士がいたんです。なのに、ゆうべはゼロ」

「そのこと、キャッスルに報告したか？」ケンジはもう食べてはいなかった。深刻な顔で、じっとウィンストンを見ている。わたしは不安になる。

「はい」ウィンストンはうなずき、コーヒーをもうひと口すすった。「一時間ほど前に、報告書を提出しました」

「じゃあ、寝てないの？」わたしは目を丸くする。

「昨日は寝ました」ウィンストンは適当に片手をふった。「それとも、一昨日だったかな。思い出せません。うわ、このコーヒー、ひどい味だなあ」そういって、ぐっと飲みこむ。

「まったくだよ。コーヒーは、やめたほうがいいんじゃないか？」ブレンダンはウィンストンのコップをつかもうとする。

ウィンストンはその手をぴしゃりとはたき、ブレンダンをにらんだ。「だれでも血管に電気が流れているわけじゃないんですよ。わたしはあなたのような忌々しい発電所じゃないんですから」

「なんだよ、一回しかやってないじゃ――」

「二回です！」

「――それに、あれは緊急事態だったし」ブレンダンは少し気まずそうにいう。

「ふたりとも、なんの話をしてるの？」わたしはたずねた。

「こいつは」ケンジがブレンダンに親指を突き出した。「なんていうか、自分の体を文字どおり充電できるんだ。眠る必要がない。めちゃくちゃだろ」

「ほんと、不公平ですよ」ウィンストンはぼやいて、パンをふたつにちぎった。

わたしはあんぐり口を開け、ブレンダンのほうを向いた。「まさか」

ブレンダンはうなずき、肩をすくめる。「一回しかやってないけどね」

「二回ですよ！」ウィンストンがまた叫ぶ。「つまり、彼はとんでもない胎児なんです」とわたしに説明する。「すでに、じゅうぶんすぎるほどのエネルギーがあるのに――まったく、あなたがたはみんなそうですが――彼にはさらに生命力を補給する充電池がくっついてるんです」

「おれは胎児じゃない」ブレンダンはつぶやき、パチパチ音を立てている。そして、頬を真っ赤にしてちらっとわたしを見た。「彼は――いや――おい、おまえ、どうかしてるぞ」そういって、ウィンストンをにらむ。

「はいはい」ウィンストンはうなずいた。また食べ物を頬張っている。「わたしはどうかしてますよ。怒ってますよ」食べ物をのみこむ。「それに、この上なく機嫌が悪い。もうくたくたですからね。腹も減ってますし。もっとコーヒーが必要です」ウィンストンはテーブルを押しやるようにして、立ち上がった。「コーヒーのお代わりをもらってきます」

「あれ、まずいっていってなかった？」

ウィンストンがわたしを見る。「ええ、ですが、わたしは低水準に甘んじるみじめな男ですから」

「いえてる」とブレンダン。

「だまりなさい、胎児」

「コーヒーはひとり一杯の決まりだぞ」ケンジが注意して、ウィンストンと目を合わせた。

「心配は無用です。わたしはいつも、みなさんの分をもらいに来たといっているので」ウィンストンはゆっくり歩いていった。

ケンジは肩を揺らして笑っている。

ブレンダンは「ぼくは胎児じゃないよ」とぼやきながら、また元気に食べ物をつついている。

「ねえ、いくつなの？」わたしは好奇心にかられてたずねた。真っ白な髪に薄いブルーの瞳を持つブレンダンは、とてもこの世のものとは思えない。けっして年を取らず、永遠に美しい姿でいられる存在に見える。

「二十四」と答えたブレンダンは、きちんといえる機会ができてうれしそうだった。

「じつは、二十四になったばっかりなんだ。先週が誕生日だったから」

「まあ」わたしは驚いた。どう見ても、１８くらいだ。オメガポイントでは、どんなふうに誕生日をお祝いするんだろう？「お誕生日、おめでとう」わたしはブレンダンにほほえんだ。「ええと――ええと、素敵な年になるといいわね。それから」なにか気の利いたことをいいたい。「それから、幸せな日がたくさん訪れますように」

ブレンダンはわたしをじっと見つめ返す。おもしろそうに、わたしの目をまっすぐのぞきこんで、にこにこしている。「サンキュ」その笑みがさらに少し大きくなる。

「ほんと、サンキュ」目をそらしてくれない。

顔が熱くなる。

わたしは必死で頭を働かせた。どうして、ブレンダンはまだ笑いかけてくるの？やっと目をそらしてくれたけれど、まだにこにこしているのはなぜ？ ケンジはどうして笑いをこらえるような顔で、ちらちらこちらを見るの？ わたしはまごつき、妙に恥ずかしくなって、なにかいうことを探した。

「ところで、今日はわたしたち、なにをするの？」わたしはケンジにたずねた。どうか何気ない普通の口調に聞こえますように。

ケンジはコップの水を飲み干し、口をぬぐった。「今日は撃ち方の指導だ」

「銃のこと？」

「そうだ」ケンジは自分のトレイをつかんだ。ついでに、わたしのトレイも。「ここで待ってな。トレイはおれが返してくる」彼は行きかけて立ち止まり、ふり返ってブレンダンを見た。「その考えは頭から追い出すんだな、兄弟」

ブレンダンは顔を上げて、きょとんとする。「なんのこと？」

「そうは行かないってことだ」

「だから、な――」

ケンジはブレンダンを見据え、眉を上げてみせた。

ブレンダンの口が閉じ、頬がまたピンク色になる。「わかってるよ」

「なら、いい」ケンジは首をふると、歩いていった。


いっぽう、ブレンダンは急にあわただしく自分の仕事へ向かった。


「ジュリエット？　ジュリエットってば！」

「お願い、起きて――」

わたしはベッドから跳ね起きて、あえいだ。心臓がどきどきする。目の焦点を合わせようと、懸命にまばたきする。「どうしたの？　なに？」

「ケンジが外にいるの」ソーニャがいう。

「あなたに用があるって」セアラがつけたす。「なにかあったみたい――」

わたしはベッドから勢いよく飛び出し、上掛けもいっしょに引きずり下ろしてしまった。暗いなか手探りで服を探し――わたしはセアラに借りたパジャマで寝ている――パニックに陥らないように気持ちをしずめようとする。「どういうこと？　ケンジはなにかいってた――」

ソーニャがわたしの服をこちらに押しつけてくれた。「ううん、ただ緊急事態とし

かいってなかった。なにか起きたから、すぐあなたを起こしてって
「そう。きっと、だいじょうぶよ」双子にいったものの、どうしてそんなことをいっているのか、自分でもわからない。だいたい、わたしに双子を安心させられる？　明かりをつけられたらいいのだけれど、オメガポイントの照明はすべてひとつのスイッチが制御している。電力を節約するため——地下生活で昼と夜らしきものを維持するためでもあるけれど——特定の時間しか使えないようになっているのだ。

やっとなんとか服を着て、背中のファスナーを上げながらドアへ向かうと、セアラの呼ぶ声がする。セアラはわたしのブーツを抱えている。

「ありがとう——ありがとう、ふたりとも」

双子は何度かうなずいた。

わたしはブーツをはいて、ドアから駆けだした。


なにか固いものに顔からぶつかった。

人間みたい。男の人だ。

彼が短く息を吸いこむのが聞こえ、彼の両手がわたしを支えるのを感じる。全身の血が流れ出す。「アダム」

アダムは放そうとしない。ふたりのあいだの沈黙に、彼の心臓が強く速く大きく鼓動する音が聞こえる。彼は身じろぎもせず、体をこわばらせ、まるで自分の体のコントロールを失うまいとしているようだ。

「やあ」ささやいた彼の声は、まともに息ができない人のようだった。

心臓が止まりそうになる。

「アダム、わたし――」

「放さない」彼の手がほんの少し震えている。手をそこにとどめておくのが、とても大変そう。「君を手放すなんてできない。あきらめようとしても――」

「だったら、おれが来てよかったな」ケンジがわたしをアダムの腕から引き離し、大きく荒い息をついた。「ったく。すんだか？　行くぞ」

「い――いったい、なにがあったの？」わたしはつっかえながら、ばつの悪さをごまかそうとする。さっきみたいなデリケートな雰囲気になると、かならずケンジに見つかっていやになる。ケンジに、わたしが強くて自信にあふれている姿を見せられたらいいのに。そういえば、いつから、ケンジにどう思われるか気にするようになったんだろう？　「だいじょうぶなの？」

「さあな」ケンジは暗い廊下を大股でどんどん進んでいく。地下通路がすべて頭に入っているに違いない。というのも、わたしにはなにも見えないのだ。わたしは遅れないように走らなくてはならなかった。「だが、なにか厄介なことが起きたらしい。十五分ほど前、キャッスルから連絡が入った。おれとあんたとケントで、至急彼の部屋まで来るようにってな。それで、いわれたとおりにしてるのさ」

「でも――こんな時間に？　真夜中よ？」

「厄介事はあんたのスケジュールに合わせて起きるわけじゃねえんだ、プリンセス」

わたしは口を閉じていることにした。

わたしたちはケンジの後から、狭い地下通路の突き当たりにあるたったひとつのドアへ向かった。

ケンジがノックした。二回ノック。休み。3回ノック。休み。一回ノック。

このノックの仕方を覚えておいたほうがいいんだろうか？

ドアがひとりでに音を立てて開き、キャッスルが手招きするのが見えた。

「ドアを閉めてくれないか」キャッスルが机の向こうからいう。わたしは何度かまばたきして、部屋の明るさに目を慣らす。キャッスルの机に置かれた昔ながらの電気スタンドは、この小さな空間を照らすにはじゅうぶんなワット数だ。わたしはいまのうちに室内を見回した。

キャッスルの部屋には、本棚がいくつかと仕事机にもなる簡素なテーブルのほかは、なにもない。すべて再利用の金属でできている。机の材料は、ピックアップトラックのようだ。

床にはそこらじゅうに本や書類の山がある。設計図や機械やコンピューターのパーツは本棚に押しこまれ、無数のワイヤーと電気装置が金属でできた本体からのぞいている。どれも破損したか、壊れたものかに違いない。それとも、ひょっとしたら、キャッスルが取り組んでいるプロジェクトの一部なのかも。

違う言葉でいえば——キャッスルの部屋はめちゃくちゃ。

こんなにしっかりした人からは、とても想像がつかない。

「すわりたまえ」キャッスルにいわれ、椅子を探してきょろきょろしたけれど、見つかったのは逆さまのゴミ箱がふたつとスツールがひとつだけだった。「すぐすませるから、ちょっと待っていてくれ」

わたしたちはうなずく。すわる。待つ。部屋を見回す。

そのとき初めて、キャッスルが自分の部屋がちらかっていても気にしない理由がわかった。

彼はなにかの真っ最中らしい。なにかはわからないけれど、それはどうでもいい。わたしは集中して、じっとキャッスルの作業を見つめた。彼の両手が上がったり下がったり、左右にすばやく動いたりするのに合わせて、必要な物やほしい物が彼のほうに引き寄せられるように見える。これから使う紙きれ。メモ帳。机からいちばん遠い本の山に埋もれた時計。鉛筆を探すときは、片手を上げれば手に入る。ノートを探すときは、指を動かせば見つかる。

片づける必要なんてないのだ。キャッスルには独自のシステムがあるらしい。

すごい。

キャッスルがようやく顔を上げた。鉛筆を置く。うなずく。もう一度うなずく。

「よろしい。よろしい。みんなそろっているね」

「ああ、リーダー」ケンジがいう。「おれたちに話があるんだろ」

「そのとおり」キャッスルは机の上で両手を組んだ。「そのとおりだ」慎重に息を吸う。「総督が第45セクターの本部に到着した」

ケンジは悪態をつく。

アダムは凍りつく。

わたしは混乱する。「総督って？」

キャッスルの視線がわたしに留まる。「ウォーナーの父親だ」彼は眉を寄せて、わたしをじろじろ見る。「ウォーナーの父親が再建党の総督であることを、知らなかったのか？」

「え」わたしは息をのむ。ウォーナーの父親がどんな怪物かなんて、想像もつかない。「あ、うん、それは知ってたけれど、役職名は知らなかった」

「そうか」キャッスルはいう。「いま、全世界に六人の総督がいて、それぞれ六つの地域のひとつを統治している。北米、南米、ヨーロッパ、アジア、アフリカ、そしてオセアニア。各地域には555のセクターがあり、セクターの数は全世界で合計3330。ウォーナーの父親はここ北米大陸の総督であるだけでなく、再建党の創設メンバーのひとりでもあり、現在、われわれにとって最大の脅威でもある」

「でも、セクターの数は3333だと思ってた」わたしはキャッスルにいう。「3330じゃなくて。わたし、間違って覚えてたのかしら？」

「残りの三つは首都だ」ケンジが教えてくれた。「そのうちのひとつは北米のどこかにあるはずなんだが、正確な場所はだれも知らねえ。だから、あんたの記憶は正しい。再建党は並びの数字に妙なこだわりを持ってる。各地域に555のセクター、合計で3333のセクターだ。大きさに関係なく、どのセクターにも同じ数がある。連中はそうすることで、すべて平等に分けているというところを見せたいのさ。くっだらねえ」

「へえ、そうなんだ」毎日毎日、自分がいかにものを知らないかを思い知らされる。わたしはキャッスルを見た。「それで、緊急事態ってこのこと？ ウォーナーの父親が首都のひとつじゃなくて、ここに来てるってこと？」

キャッスルはうなずいた。「そうだ、彼は……」ためらって、咳ばらいをする。「いや、始めから話をさせてくれ。君たちには詳細をすべて知っておいてもらわなければならない」

「おれたちなら聞いてるぜ」ケンジは背すじをのばし、鋭い目つきで、いつでも行動できるように身構えている。「つづけてくれ」

「どうやら」キャッスルは説明する。「彼はしばらく前から街にいるらしい――ひそかに、慎重に、二週間前に到着していたんだ。最近、息子がやっていることを聞きつけ、それを快く思わなかったらしい。彼が……」落ち着いて、深呼吸する。「彼が……とりわけ腹を立てているのは、君の件についてだ。ミズ・フェラーズ」

「わたし？」心臓がどきどきする。どきどきする。どきどきする。

「ああ」キャッスルはうなずく。「われわれの情報源によると、彼はウォーナーがうっかり君を逃がしたことに腹を立てているらしい。そして、もちろん、その際にふたりの兵士を失ったことにも怒っている」アダムとケンジを見てうなずく。「さらにまずいことに、逃亡した少女とその奇妙な能力に関する噂が、いまや市民のあいだに広がっている。人々は情報をつなぎ合わせて謎を解きつつある。再建党に反撃する準備をしているグループがあることに――われわれの活動に――気づき始めているんだ。それが市民のあいだに動揺と反発を生んでいる。みんな、抵抗活動に参加したくてしょうがないんだ」

キャッスルは両手を組んだ。「それで、ウォーナーの父親はこの戦いの先頭に立ち、再建党の力に対する疑いを消し去るためにやってきたんだ。間違いない」話を切って、わたしたちひとりひとりを見る。「いいかえれば、彼はわれわれと自分の息子をまとめて罰するために来た」

「だからって、おれたちの計画が変わるわけじゃねえんだろ？」ケンジがたずねる。

「大筋は変わらない。戦いが避けられないことは前からわかっていた。だが、この事態で……状況は変わる。ウォーナーの父親が街にいるからには、われわれが思っていたよりかなり早く戦闘が起きるだろう。しかも、われわれの予測よりはるかに大きな戦いになる」キャッスルは真剣な顔で、わたしの目を見つめる。「ミズ・フェラーズ、君の助けが必要だ」

わたしは呆然と彼を見つめ返す。「わたし？」

「そうだ」

「でも――でも、まだ、わたしのことを怒ってるんでしょ？」

「君は子どもではない、ミズ・フェラーズ。わたしは君の過剰反応を責めるつもりはない。ケンジもこういっている。君の最近のふるまいは、ただものを知らなかっただけで、悪意があったわけじゃない。わたしは彼の判断を信頼している。彼の言葉を信じる。だが、これだけはわかってもらいたい。われわれはひとつのチームであり、君の力が必要だ。君にできること――君の力――は比類のないものだ。ケンジと訓練をして、少なくとも自分の能力についていくらかわかってきたいまは、とくにだ。われわれには君が必要になる。君を支えるためなら、なんでもする――君の服を補強し、君に武器と防具を用意しよう。それからウィンストンが――」キャッスルはそこで言葉を切って、ひと息ついた。「ウィンストンが」今度はもう少し静かにいう。「ちょうど君の新しい手袋を作り上げたところだ」そしてわたしの顔をのぞきこむ。「われわれのチームに入ってほしい。そしてわたしに協力してほしい。かならずよい結果を出す」

「もちろん」わたしは小声でいい、彼の真面目で冷静な目を見つめる。「もちろん、力になるわ」

「よかった。じつによかった」キャッスルは上の空で椅子の背にもたれ、疲れた仕草で顔をさすった。「感謝する」

「リーダー」ケンジが口を開いた。「こんな不躾《ぶしつけ》な口はききたくないんだが、いったいなにが起きてるのか教えてくれないか？」

キャッスルはうなずいた。「ああ。そうだ、もちろんそのつもりだ。わたしは――すまない。今夜は非常に厳しい状況で」

ケンジの声が緊張を帯びる。「なにがあった？」

「彼が……伝言をよこしたのだ」

「ウォーナーの父親が？」わたしはたずねた。「ウォーナーの父親が伝言を？　わたしたちに？」わたしはアダムとケンジに目をやった。アダムはせわしなくまばたきし、ショックで口がわずかに開いている。ケンジはいまにも吐きそうな顔だ。

わたしはだんだんうろたえてきた。

「ああ」キャッスルが答えた。「ウォーナーの父親だ。彼が会いたがっている……話をしたいそうだ」

ケンジがぱっと立ち上がった。顔から血の気が引いている。「だめだ――リーダー――そいつは罠だ――やつの望みは話なんかじゃねえ。嘘だってことくらいわかるだろ――」

「彼はわれわれの仲間を四人、人質にしているんだ、ケンジ。残念だが、話に応じるしかない」

2

人質

「なんだって?」ケンジは愕然として、かすれた声で聞き返す。「だれが? どうして――」

「今晩、ウィンストンとブレンダンが地上のパトロールに出た」キャッスルは首をふった。「なにがあったかはわからない。きっと待ち伏せされたんだろう。ふたりとも監視カメラに映る範囲からかなり遠くにいて、カメラの映像では、エモリーとイアンが騒ぎに気づき、調べようとしていたことしかわからない。その後は、なにも映っていなかった。エモリーとイアンも、もどってきていない」

ケンジはまた椅子にすわり、両手で顔をおおっていたけれど、急に希望に満ちた顔を上げた。「けど、ウィンストンとブレンダンなら――逃げ道を見つけられる、よな? なんとかできるはずだ。あいつらなら、ふたりでなんとかするだけの力があるじゃないか」

　キャッスルはケンジに同情の笑みを向けた。「彼らがどこへ連れていかれたのか、どう扱われているのかはわからない。もし痛めつけられたり、すでに」キャッスルは少しためらった。「すでに拷問されたり、撃たれたりして——出血がひどい場合——まず反撃はできない。それに、たとえウィンストンとブレンダンが自力で脱出できたとしても」少し休んでから、こういった。「あのふたりが仲間を置きざりにするわけがない」

　ケンジは両の拳を太ももに押しつけている。

「それで、向こうは話を望んでいるのか」初めてアダムが口を開いた。

　キャッスルはうなずく。「彼らが姿を消した場所で、リリーがこの包みを見つけた」そういって、小さなナップサックを放ってきた。わたしたちは順番になかを確かめた。中身は、ウィンストンの壊れたメガネとブレンダンのラジオだけ。しかも血まみれだ。

　わたしは両手を握りしめて震えを止めなくてはならなかった。

　あのふたりとは、仲良くなりはじめたところだ。エモリーとイアンとは、まだ会ったばかり。わたしは新しい友だちを作ることを学びだしたばかりなのに。オメガポイントの人たちと親しくなろうと努力しはじめたところなのに。ブレンダンとウィンストンとは、いっしょに朝食を食べたばかりだった。壁の時計に目をやる。午前3時31分。最後にふたりを見たのは、約20時間前だ。

ブレンダンは、先週が誕生日だった。

「ウィンストンは気がついてた」自分の声が聞こえた。「なにかおかしいっていってた。そこらじゅうに兵士がいるのは妙だっていってた――」

「ああ、そうだ」キャッスルは首をふっている。「彼の報告書はすべて、何度も読み返している」そういうと、親指と人さし指で鼻の上のほうをつまみ、目を閉じた。「そこに書かれた情報をつなぎ合わせて、解明に取りかかったところだったんだ。しかし、遅すぎた。わたしの行動が遅すぎた」

「やつらはなにを企んでると思う？」ケンジがたずねる。「思い当たることはないか？」

キャッスルはため息をつき、顔にやっていた手をすとんと下ろした。「そうだな、これで、ウォーナーが毎晩兵士を引きつれて外出していた理由はわかった――あれだけ何日も基地を離れられた理由もな」

「父親が来てるからだ」とケンジ。

キャッスルはうなずく。「そのとおり。わたしは、ウォーナーを送り出したのは総督自身だと思っている。息子に、もっと積極的にわれわれを捜索させたかったのだろう。彼はずっとわれわれのことに気づいていたのだ」キャッスルはわたしにいう。「総督はバカではない。以前からわれわれの噂を真剣に考え、われわれがこのあたりにいることを前から察知していたのだ。しかしこれまでは、われわれが脅威になることはなかった。いままでは、の話だ。いまはわれわれの噂が市民に広がり、力の均衡を脅かしている。人々はふたたび元気をとりもどし――われわれの抵抗活動に希望を見出そうとしている。それは、いまの再建党にとって黙認できないことだ」

「ともかく」キャッスルはつづける。「彼らがオメガポイントの入り口を発見できなかったのは明らかだ。だから人質をとり、出てくるよう指示してきたのだろう」キャッスルは書類の山から一枚の紙を引き出して、見せた。メモだ。「それも、条件付きだ。総督はじつに詳細な条件を出してきた」

「それで?」ケンジはじっと動かず、集中している。

「君たち三人が行くことになる。三人だけで」

そんな。

「はあ?」アダムはぽかんと口を開け、驚いた顔でキャッスルを見ている。「なんで、おれたちが?」

「彼の要求は、わたしとの面会ではない」キャッスルは答えた。「わたしには興味がないそうだ」

「で、向こうの要求をそのままのむのか?」アダムが聞き返す。「おれたちをそのまま、やつのところへ放り出すのか?」

キャッスルは身を乗り出す。「もちろん、そんなつもりはない」

「なにか作戦があるの?」とわたし。

「総督は、明日の正午きっかりに――いや、正確には今日だな――君たちと会いたいといっている。場所は規制区域外のある地点を指示してきた。詳細はこのメモに書いてある」キャッスルは深呼吸した。「彼の要求はこうだ。しかし、われわれは全員出撃の覚悟をするべきだと思う。われわれはともに行動する。そもそも、こういうときに備えて訓練を積んできたのだ。彼がなにか企んでいるのは明白だ。君たちを招待する目的が、お茶を飲みながらのおしゃべりであるわけがない。われわれは全員、敵からの攻撃に対して防衛する準備をする。おそらく向こうも軍に武装させ、戦う準備をしているだろう。わたしもわが軍を率いて戦う覚悟はできている」

「じゃあ、おれたちはおとりってわけか?」ケンジが眉をひそめる。「戦いには出ないで――ただ、向こうの注意を引きつける役目ってことか?」

「ケンジ――」

「冗談じゃない」アダムがいった。こんなに感情をむきだしにする彼に、わたしは驚く。「ほかに方法があるはずだ。向こうの手にのるべきじゃない。この機会を利用してやつらを待ち伏せするとか――ほかに思いつかないが――牽制したり注意をほかへ向けさせたりすれば、こっちから積極的に攻撃をしかけられる！　たとえば、ほら、いきなり燃え上がったりできるやつはいないか？　大混乱を引き起こす無茶なことができるやつはいないか？　おれたちが優位に立てるようなことができるやつは？」

キャッスルがこちらを向いて、わたしを見た。

アダムはキャッスルの顔をなぐりかねない形相だ。「あんた、気でも違ったのか――」

「いや」とキャッスル。「そんなことができる者はほかにいない……地球を打ち砕けるほどの人物は」

「おもしろがってるのか？」アダムが切り返す。

「いや、おもしろがってなどいない、ミスター・ケント。それに、君の怒りはこの状況を改善する役には立たない。われわれの活動から抜けたければ、抜けていい。だがわたしは、この件に関して、ミズ・フェラーズの協力を求める。敬意をもってお願いする。総督が本当に会いたがっているのは、彼女だけだ。君たちふたりを同行させることにしたのは、わたしのアイデアだ」

「えっ？」

わたしたちは3人とも、呆気にとられた。

「なぜ、わたしなの？」

「残念ながら、わからない」キャッスルはわたしにいう。「もっと知っていることがあったらよいのだが、いま現在わたしにできるのは、手持ちの情報からできるかぎりの推測をすることだけだ。そして、いま推測できることは、ウォーナーが派手な失敗をしでかし、その後始末をしなくてはならない状況にあるということだけ。どういうわけか、君はその真っ只中に巻きこまれたのだ」少し言葉を切って、またつづける。「ウォーナーの父親は、人質との交換にはっきり君を指名してきた。指定の時間に君が来なければ、人質を殺すといっている。彼の言葉を疑う理由はない。罪のない者を殺すことに、彼はなんのためらいもない」

「それで、ジュリエットをそのまま送りこむつもりだったのか！」アダムがゴミ箱をひっくり返して、勢いよく立ち上がった。「なにもいわないつもりだったんだな？　おれたちに彼女が標的じゃないと思わせておくつもりだったんだな？　無茶苦茶だ」

キャッスルは額をさすった。二、三度、呼吸をして気持ちをしずめる。「いいや」慎重で落ち着いた声だった。「なにも知らせずに彼女を送りこむつもりはなかった。わたしがいいたいのは、われわれは一致団結して戦うということだ。しかし、君たちにはミズ・フェラーズと行ってもらう。君たち三人は以前いっしょに逃げてきた仲だし、君とケンジはふたりとも軍事訓練を受けている。軍の決まりややり方、連中のとりそうな作戦にもくわしい。君たちなら彼女の安全を守り、相手の意表をつくことができる――君たちがいれば、この状況でもわれわれは優位に立てるかもしれない。もし彼が彼女をどうしても手に入れたいなら、君たち三人をなんとかする方法を見つけなければならない――」

「あるいは――なんていうか、よくわかんねえけどよ」ケンジがのんきな口調を装っていう。「おれとアダムが頭を撃たれてくたばりかけて、やつを止められねえうちに、ジュリエットが引きずっていかれちまうかもな」

「だいじょうぶだってば。わたし、やる。行くわ」

「なんだって?」アダムがわたしを見る。びっくりして目を見開いている。「ジュリエット――だめだ――」

「そうだ、もうちょっと考えたほうがいい」ケンジも口を出す。声が少し緊張している。

「来たくないなら、来なくていい」わたしはふたりにいった。「でも、わたしは行く」

キャッスルがほほえんだ。ほっとしたと顔に書いてある。

「だって、わたしたちはそのためにここにいるんでしょ？」わたしはみんなを見回した。「いつか反撃するつもりなんでしょ。なら、これはチャンスだわ」

キャッスルは満面の笑みになる。目を輝かせているのは、たぶん誇らしさからだと思う。「君がどこにいようと、われわれは君とともにいる、ミズ・フェラーズ。それはあてにしてくれていい」

わたしはうなずく。

これがたぶん、わたしのするべきことだ。このために、わたしはここにいるんだと思う。


たぶん、わたしはあっけなく殺されるだろう。


午前中、時間がぼんやりとすぎていく。

することが大量にあり、準備することが大量にあり、支度をしている人が大量にいる。それでもわたしは、これが最終的には自分の戦いであることを知っている。わたしにはやり残した仕事がある。この会談が総督とは何の関係もないことくらい、わかっている。彼がわたしにそんな関心を寄せる理由はない。だいたい会ったこともない相手だ。彼にとってわたしは、単なる消耗品でしかないはず。

これはウォーナーの作戦だ。

わたしを要求しているのは、ウォーナーだ。これには、なにからなにまで彼が関わっている。これは、彼がまだわたしを手に入れたがっている証拠、まだあきらめていない証拠だ。だから、わたしは彼と向き合わなくてはならない。

ただ、どうやってこんなことに父親を協力させることができたんだろう？

その答えも、もうすぐわかる。

だれかがわたしの名前を呼んでいる。

わたしはその場で立ち止まる。

くるりとふり向く。

ジェイムズ！

食堂のすぐ外に立つわたしのところに、ジェイムズが走ってくる。金色に輝く髪も、青く輝く瞳も、お兄さんそっくり。でも、ジェイムズの顔をなつかしく感じるのは、アダムとそっくりだからではない。

ジェイムズは特別な子どもだ。聡明な子だ。子どもだからといつも見くびられている10歳の男の子。その子がわたしと話がしたいという。ジェイムズはたくさんある通路のひとつを指さした。

わたしはうなずき、ジェイムズの後ろから、だれもいない通路に入っていく。

ジェイムズが足を止め、少しのあいだそっぽを向いた。きまり悪そうに立っている。ジェイムズが話をしたがっていることさえ、わたしには驚きだった。この3週間、わたしはこの子にひと言も話しかけたことがない。ジェイムズはオメガポイントに来てすぐ、ほかの子どもたちとすごすようになり、その後はわたしをめぐる状況のせいで、わたしたちはぎこちなくなってしまった。ジェイムズはわたしを見てもほほえんでくれなくなり、食堂の向こうから手をふってくれることもなくなった。わたしはずっと、ジェイムズはほかの子たちからわたしの噂を聞いて、距離を置いたほうがいいと判断したんだろうと思っていた。そしていま、アダムとあんなことがあった後なのに――みんなのいる通路であんな言い争いをしてしまった後だというのに――ジェイムズはわたしと話したがってくれている。信じられない。

ジェイムズはうつむいたまま、ぼそっと口を開いた。「ぼく、ほんとに、すごく怒ってたんだ」

わたしの心臓の縫い目がぷつん、ぷつんと切れていく。

ジェイムズが顔を上げる。いまの言葉でわたしが動揺していないか、正直にいってしまって怒鳴られるんじゃないかと確認するように、こちらを見る。わたしの顔になにが見えたかわからないけれど、ジェイムズは心を開いてくれたようだった。両手をポケットに突っこみ、スニーカーで床に円を描きながらこういう。「お姉ちゃんは前にだれかを殺したことがあるなんて、いわなかったじゃないか」

わたしは震える息をつく。こういう訴えに対して、適切な返事なんてあるのだろうか？　ジェイムズのほかに、こういうことをいってくる人がいるだろうか？　いるとは思えない。だから、わたしはただうなずいた。そしていう。「本当にごめんなさい。ちゃんと話しておくべきだった――」

「なら、どうして話してくれなかったの？」ジェイムズに大声でいい返されて、わたしはショックを受ける。「なんで話してくれなかったの？　ぼく以外、みんな知ってたのに」

わたしは一瞬、たじろぐ。ジェイムズの声の傷ついた響きに、目に宿る怒りに困惑する。まさか、この子がわたしを友だちと思ってくれていたなんて知らなかった。でも気づくべきだった。ジェイムズがいままで知り会った人の数は多くない。お兄さんのアダムが世界のすべてだった。ジェイムズにとって、オメガポイントに来る前に心を許し合えた人間は、ケンジとわたしの2人だけだ。そんな状況に置かれた親のない子どもにとって、新しい友だちができるのはすごく大きなことだったに違いない。なのにわたしは、自分の抱える問題で頭がいっぱいで、ジェイムズがそこまで気にするなんて思いもしなかった。そういう不注意な態度がこの子を裏切ることになるのを、わかっていなかった。ほかの子どもたちから聞いた噂に、ジェイムズはわたしと同じくらい傷ついていたに違いない。

わたしはすわることにした。この地下通路で。ジェイムズが隣にすわれるように空けてあげる。そして本心を話す。「あなたにきらわれたくなかったの」

ジェイムズは床をにらんでいる。「きらってなんかいないよ」

「ほんと?」

ジェイムズは靴ひもをつまんだ。ため息。首をふる。「みんながお姉ちゃんの噂をしてて、それがいやだったんだ」さっきより小さい声でいう。「ほかの子たちがいってた。お姉ちゃんは意地悪でいやなやつだって。だからぼくは、そんなことないってみんなにいったんだ。お姉ちゃんは落ち着いたやさしい人だよって。それに髪がきれいだって。そしたらみんな、嘘つきっていうんだ」

わたしは心臓をぶたれたように、思わず息をのむ。「わたしの髪、きれいだと思う？」

「どうしてその子を殺したの？」ジェイムズは目を見開き、理解する気満々で聞いてくる。「その子はお姉ちゃんを傷つけようとしたの？　お姉ちゃんは怖かったの？」

わたしは二、三度呼吸をしてから、答える。

「覚えてる？」なんだか落ち着かない。「アダムから聞いたわたしの話？　わたしが人にさわると、その人はかならず傷ついてしまうの」

ジェイムズはうなずく。

「つまり、そういうことが起きたの。わたしがその子にさわったら、その子は死んでしまったの」

「だけど、どうして？　なんで、その子にさわったの？　その子に死んでほしかったから？」

わたしの顔はひびの入った磁器のようになる。「まさか。そのときのわたしはまだ子どもで――あなたより二歳上なだけだった。自分のしていることをわかっていなかったの。さわるだけで相手が死んでしまうなんて、知らなかったのよ。その子は食料雑貨店で転んだの。わたしは立たせてあげようとしただけ」長い沈黙。「事故だったのよ」

ジェイムズはしばらくだまっていた。

わたしを見て、自分の靴を見て、胸に引き寄せたひざを見て、また靴を見る。そして床を見つめ、やっと小さな声でいった。「怒っちゃってごめん」

「わたしも本当のことを言わなくて、ごめんね」

ジェイムズはうなずく。鼻をかく。わたしを見る。「じゃ、また友だちになれる？」

「わたしと友だちになりたいの？」目が熱くなってきて、わたしはしきりにまばたきをする。「わたしが怖くない？」

「ぼくに意地悪する？」

「まさか」

「じゃ、怖がる理由ないじゃん」

わたしは笑う。泣きたくないから。そして、何度も何度もうなずく。「そうね。また友だちになりましょ」

「よかった」ジェイムズは立ち上がった。「だって、もうほかの子たちとお昼を食べるの、いやなんだもん」

わたしも立って、服の後ろについたほこりをはらう。「わたしたちと食べればいいわ。いつでもわたしたちのテーブルに来て」

「うん」ジェイムズはうなずくと、また目をそらす。耳を少し引っぱったりしている。

「あのさ、アダムがずっと落ちこんでるの、知ってる?」そういって、青い瞳をこちらに向ける。

わたしはしゃべれない。なにもいえない。

「アダムはお姉ちゃんのことで落ちこんでるっていってるんだ」ジェイムズはわたしが否定するのを待っているように、こちらを見ている。「アダムのことも、うっかり傷つけちゃったの? アダム、医療棟にいたんだよ。知ってた? 具合が悪かったんだよ」

どうしよう、動揺でどうにかなってしまいそう。こんなところで。そう思ったけれど、どうにか取り乱さずにすんだ。ジェイムズに嘘はつけない。「ええ。うっかりアダムを傷つけてしまったの。でもいまは――い、いまは、近づかないようにしてる。だから、もう彼を傷つけることはないわ」

「じゃあ、なんでアダムは、まだあんなに落ちこんでるの？　もう、お姉ちゃんに傷つけられることはないのに？」

わたしは首をふり、唇を引き結ぶ。泣きたくないし、なんて答えていいかもわからない。すると、ジェイムズはわかってくれたようだった。

ジェイムズの両腕が巻きついてきた。

ちょうど、ウエストのところに。わたしを抱きしめ、泣かないでといってくれる。

ぼくはお姉ちゃんを信じてる。お姉ちゃんがアダムを傷つけちゃったのは、わざとじゃないって信じてるから。小さい男の子のことも事故だったって信じてる。「だけど、今日は気をつけてよ。ね？　そして、悪いやつをぶっ飛ばしてきて」

わたしは呆気にとられ、ジェイムズが乱暴な言葉を使ったことも、初めてわたしに触れてくれたことにも、しばらく気づかなかった。ふたりのあいだにぎこちない空気が流れないように、できるかぎり自分を抑える。でも、わたしの心はまだ床のどこかの水たまりにつかっている。

そのときはっとした。みんな、知ってるんだ。

ジェイムズといっしょに食堂に入っていくと、みんなのわたしを見る目が違っていることに気づいた。わたしを見る顔はどれも、誇りと力強さと感謝に満ちている。恐怖はない。不信もない。わたしは正式にみんなの仲間になったのだ。わたしもみんなと戦う。みんなのために戦う。共通の敵と戦う。

みんなの目に宿るものがなにか、わかった。それがどういうものだったか、だんだん思い出してきた。

希望だ。

蜂蜜《はちみつ》の滴。春に花咲くチューリップ畑。やさしい雨、ささやかれた約束、雲ひとつない空、文末の完璧な句点。

そして、わたしが沈まないようにしてくれる、この世でたったひとつのもの。

「これはわれわれが望んでいた状況ではない」キャッスルがわたしにいう。「だが、こういうことはたいてい計画どおりには進まないものだ」アダムとケンジとわたしは、戦闘準備のため、広めのトレーニングルームのひとつに宿泊している。ほかに、わたしが初めて会う人たちが5人いて、彼らは武器と防具の係だった。オメガポイントでは、だれもがかならずなにかの仕事を受け持っていて、驚いてしまう。だれもが貢献し、だれもが働いている。

全員が協力しあっている。

「さて、ミズ・フェラーズ。われわれはまだ、君がなぜどうやってそのような力を発揮するのか、正確に把握してはいない。しかし、いざとなったら、君は力を発揮してくれると思う。こういった緊迫度の高い状況は、特殊能力を引き出すのにうってつけなのだ。実際、オメガポイントにいる特殊能力を持つメンバーのうち、七十八パーセントが、自分の能力に初めて気づいたのは、かなり危険な状況下だったといっている」

確かに。わたしは心のなかでうなずく。そのとおりだと思う。

キャッスルは部屋にいる女の人のひとりから──名前はアーリアだったと思う──なにかを受け取った。「それから、心配はいらない。万一のときは、われわれがすぐ駆けつける」

心配してるなんて、ひと言もいってないでしょ。少なくとも、口に出してはいない。わたしはそう思ったけれど、黙っていた。

「ほら、君の新しい手袋だ」キャッスルが差し出した。「つけてみたまえ」

新しい手袋は、前のものより短くてやわらかかった。ちょうど手首まであって、スナップボタンで留めるようになっている。前より厚く、少し重く感じるけれど、指にぴったりフィットする。わたしは片手を握って、少しほほえんだ。「すごい。これ、ウィンストンがデザインしてくれたんだっけ？」

キャッスルの顔がくもる。「ああ」声も小さい。「昨日、仕上げてくれた」

ウィンストン。

わたしがオメガポイントで目覚めたとき、最初に目にしたのがウィンストンの顔だった。彼の曲がった鼻、プラスチックのメガネ、茶色がかった金髪、心理学の心得。そして、ひどい味でもコーヒーが必要なこと。

ナップサックのなかで見つかった、彼の壊れたメガネ。

ウィンストンの身になにがあったのかはわからない。

アーリアが革製品を抱えてもどってきた。見た目は馬具みたい。アーリアはわたしに両腕を上げさせると、それをするりと着せてくれた。あ、ホルスターだ。厚い革の肩ひもが背中の中央で交差し、５０本もの極細の黒い革ひもが腰のいちばん高い位置からちょうど胸のすぐ下までおおっている。まるで、作りかけのビスチェみたい。というか、カップのないロングブラジャーみたい。アーリアはわたしに代わってすべての留め金を留めなくてはならなかった。わたしにはまだ、自分がなにを着ているのかよくわからない。わたしは説明を待った。

そのとき、銃が目に入った。

「あのメモには、武器を持たずに来いとは書かれていなかった」キャッスルはそういって、アーリアから二丁のオートマチックを受け取った。その形と大きさには、見覚えがある。つい昨日、わたしが射撃練習に使った銃だ。

わたしの腕は最悪だった。

「それに、君に武器を持たせずに送り出す理由もない」キャッスルはふたつのホルスターの場所を示した。肋骨の両側にひとつずつある。そして拳銃のしまい方、ホルスターの手早い装着法、予備のカートリッジをしまう場所を教えてくれる。

わたしは弾の再装塡の仕方も知らないけれど、口には出さない。ケンジとの練習ではそこまで行けなかった。ケンジは、わたしが銃を振りながら質問するのを注意するのに忙しかったのだ。

「武器の使用は、あくまで最後の手段だ」キャッスルはいう。「君は自分の体にじゅうぶんな武器を備えている――撃つ必要はないだろう。それから、自分の力でなにかを破壊することになった場合に備え、これを着けてはどうだろう」彼がかかげて見せたのは、二個の手の込んだメリケンサックのようなものだった。「アーリアが君のためにデザインしてくれたんだよ」

わたしはアーリアを見て、キャッスルを見て、彼の手のなかの見慣れない物を見る。

キャッスルは満面の笑みだ。わたしがアーリアに、時間を割いてこれを作ってくれたお礼をいうと、彼女は言葉につっかえながらしどろもどろの返事をして赤くなった。まさか、わたしに話しかけられるとは思わなかったらしい。

わたしはとまどってしまう。

キャッスルからそれを受け取り、よく見てみる。下の部分は4つのリングをつなげたものでできていて、リングは手袋の上から指を通せる大きさだった。4つの穴にするりと指を通すと、手の甲を上にして上部の作りを調べた。小さい盾みたい。たくさんの金属片が、指、指の付け根の関節、そして手の甲全体をおおっている。手を握ると、関節の動きに合わせて金属片が動く。それに見かけほど重くない。

もうひとつも手につける。手を握る。すでに身に着けてある拳銃に手をのばす。

かんたんだ。

これなら使える。

「気に入ったかい？」キャッスルがたずねる。こんなに大きな笑みを浮かべる彼を見るのは、初めてだ。

「ええ、とっても。なにもかも完璧だわ。ありがとう」

「それはよかった。じつにうれしい。さて、問題がなければ、わたしは出発前にほかの特務班とも話をしなくてはならない。すぐもどる」キャッスルは軽くうなずくと、部屋を出ていった。みんなも出ていき、わたしとケンジとアダムだけが残された。

ふたりはなにをしているんだろう？　わたしはふり向いた。

ケンジは特殊な服を着ていた。

ボディスーツのような服だ。頭からつま先まで黒づくめ。体の輪郭に寸分たがわずフィットした服は、漆黒の髪と目とまったく同じ色だ。服は合成繊維、というかビニールでできているようだった。蛍光灯の光で輝いている。それを着て歩くのは窮屈そうだ。ところが、ケンジが両腕をのばしたり、つま先を地面に立てて脚をくるくる回したりすると、服は急になめらかな質感になって体に合わせて動くように見えた。ケンジはブーツをはいているけれど、手袋ははめず、わたしのようにホルスターをつけている。でも、彼のホルスターはわたしのとは違う。革ひもを両肩にかけるだけの簡素なつくりで、リュックを背負っているように見える。

そして、アダム。

アダムは~~素敵だ~~長袖のTシャツを着ている。紺色の生地が危険なくらい胸にぴったり張りついている。わたしは彼の服の細部までじっと見ずにはいられない。彼の腕に抱かれたときの感覚を思い出さずにいられない。~~彼はわたしの目の前に立っていて、~~

わたしは何年も会っていなかったかのように彼が恋しくてたまらない。黒いカーゴパンツのすそが押しこまれているのは、監禁されていた施設で初めて会ったときにはいていた黒のハーフブーツだ。光沢のあるなめらかな革でできていて、彼の足にぴったり。彼のためにあつらえたものでないのが不思議なくらいだ。でも、彼は武器を持っていない。

知りたくて、わたしはたずねてしまう。

「アダム？」

彼が顔を上げて、凍りつく。まばたきをして、驚いたように眉を上げ、口を開く。目はわたしの体をくまなく探り、わたしの胸をかこむホルスターを調べ、ウエストの近くに下げた拳銃を見る。

アダムはなにもいわない。片手で髪をかき上げると、手のひらを額に押しつけ、すぐもどるというようなことをつぶやき、部屋を出ていった。

わたしはたまらなくなる。

ケンジがわざとらしく咳ばらいをした。首をふっている。「やれやれ。ていうか、あんた、ほんとにあいつを殺す気か？」

「え？」

ケンジはバカを見るような目でわたしを見ている。「あんなことすんなよ。『あら、アダム、わたしを見て。この新しい服、すごくセクシーでしょ』って態度で、ぱちぱちまばたきしてよ――」

「ぱちぱちまばたき?」わたしは一瞬、かたまってしまう。「なにをいってるの? 彼に向かって、ぱちぱちまばたきなんてしてない! それに、これは毎日着てる服だし――」

ケンジはうなって肩をすくめた。「ああ、そうだが、違って見えるんだよ」

「頭おかしいんじゃないの」

「おれがいいたいのはな」ケンジは降伏するように両手を上げた。「もし、おれがあいつだったら? もし、あんたがおれの恋人だったら? そして、あんたにあんなふうに目の前をうろうろされてるのに、触れることもできなかったら?」ケンジは顔をそむけ、また肩をすくめた。「はっきりいって、あいつをうらやましいとは思わないね。気の毒でしょうがねえ」

「どうしていいかわからないの」わたしは小さい声でいう。「彼を傷つけないようにと思って――」

「いや、なんでもねえ。おれのいったことは忘れてくれ」ケンジは両手をふって否定する。「マジで。おれには関係ねえし」そしてわたしに目を向ける。「それと、こいつをきっかけに、あんたの秘めた気持ちを洗いざらいぶちまけようなんて思わないでくれ」

わたしは彼をにらんだ。「あなたなんかに、わたしの気持ちを話す気はないわ」

「それでいい。そんなもん、知りたかねえ」

「ねえ、ケンジって、いままでガールフレンドがいたことある？」

「なんだと？」かなり気にさわったらしい。「このおれが、ガールフレンドのひとりもいねえ男に見えるか？　その目は節穴か？」

わたしはあきれる。「いまの質問は忘れて」

「ったく、よくそんな質問ができるもんだ」

「そっちこそ、いつも自分の気持ちは話したくないってまくしたてるくせに」

「いいや。おれが話したくねえのは、あんたの気持ちのことだ」ケンジはわたしを指さした。「おれは自分の気持ちを話すことに、なんの問題もねえ」

「じゃあ、自分の気持ちを話したいの？」

「バカいえ」

「でも――」

「話す気はねえ」

「あっそ」わたしは視線をそらし、背中に巻きつくホルスターの革ひもを引っぱった。

「ところで、その服はなに？」

「なにって、どういう意味だよ？」ケンジは顔をしかめ、両手で自分の服をなで下ろす。「こいつは最悪だ」

わたしは笑いをかみ殺す。「どうして、そんな服を着てるのって聞きたかっただけ。どうしてケンジはその服を着てるのに、アダムは着てないの？」

ケンジは肩をすくめた。「あいつには必要ないからさ。そういうやつもいる――それぞれの能力によるんだ。おれの場合は、これを着るとかなり楽に動ける。いつも使うわけじゃねえが、本気で任務に取り組まなきゃならないときはかなり助かる。たとえば、背景に溶けこんで姿を消す必要があるときだ。黒とか、ひとつの色を変えるのはかんたんなんだ。だが体に何枚も重ね着していたり、よけいな物をあれこれつけていたりすると、細部まで力をおよぼすのにそれだけ余分に集中力をが必要になる。だから、服を一枚だけ、それも一色だけの服を着ていれば、優秀なカメレオンになれるってわけさ。それに」ケンジは両腕の筋肉をのばしながら、つけたした。「こいつを着たおれって、なかなかセクシーだろ」

わたしは自制心を総動員して、吹き出したいのをこらえた。

「それで、アダムは？　彼にはそういう服も銃も必要ないの？　ほんとにだいじょうぶなのかしら」

「銃なら持ってる」アダムが部屋にもどってきた。自分の両手を見つめて、その手を握ったり開いたりしている。「君には見えないだけさ」

わたしは彼から目を離せない、見つめるのをやめられない。

「見えねえ銃かよ？」ケンジがにやりとする。「そいつはいい。おれにはとてもそこまではできねえ」

アダムはケンジをにらみつける。「たったいま、この体には九種類の武器が隠してある。どの武器でおまえの顔を撃つか、選びたいか？　それとも、おれが選ぼうか？」

「冗談だよ、ケント。ったく。ちょっとからかったくらいで――」

「よーし、みんな」

キャッスルの声に、みんないっせいにふり向く。

彼はわたしたち3人にたずねた。「準備はいいか？」

「はい」とわたし。

アダムはうなずく。

「よし、やろうぜ」とケンジ。

キャッスルはいった。「ついてきたまえ」


午前10時32分。

あと1時間28分で、総督に会う。

こちらの作戦はこうだ。

キャッスルはオメガポイントの戦闘可能なメンバー全員とともに、すでに配置についている。彼らは三十分前に出発した。メモに指示された面会場所周辺をかこむように、それぞれ廃墟に身を隠している。キャッスルが合図を出せば、すぐさま攻撃に出る手はずだ。キャッスルが合図を出すのは、彼がわたしたちの危険を察知した場合に限る。

アダムとケンジとわたしは、徒歩で出かける。

元兵士のアダムとケンジは規制外の区域にくわしい。軍にいたころは、どこが厳しく立ち入りを禁止されているか知っていなければならなかったからだ。過去の世界をとどめた場所への立ち入りは、だれにも許されていない。知らない路地や脇道、古いレストランやオフィスビルは、禁じられた区域なのだ。

ケンジの話では、面会場所はまだ残っている数少ない郊外の一画だという。ケンジのよく知っている場所だそうだ。兵士だったころ、何度か仕事でその地域へ行かされたらしい。毎回、再建党の印のない包みを、もう使われていないポストに放りこんできた。その包みについて説明はなかったけれど、ケンジもわざわざ質問するほどバカではなかった。

妙なことに、あのへんの古い家のなかには、まだちゃんと住める状態の家も何軒かあったらしい。再建党は市民が昔の生活にもどらないよう厳しく取り締まっているのに、だ。実際、住宅街のほとんどは、再建党が政権についてすぐ破壊された。だから、手つかずで残っている地区なんて、めったにない。それでも、あるにはある。メモには、妙にきっちりした文字でこう書かれていた。

シカモア通り1542

かつてだれかが住んでいた家のなかで、総督に会うことになっている。

「で、おれたちは、どうすりゃいいんだ？　チャイムでも鳴らすか？」ケンジが先頭に立ち、オメガポイントの出口へ案内している。薄暗い地下通路を歩きながら、わたしはまっすぐ前を見つめ、胃のなかを突ついているキッツキを無視する。「どう思う？」ケンジがまたたずねる。「チャイムはやりすぎかな？　やっぱ、ノックだけにしとくか？」

わたしは笑おうとする。けれど、がんばっても作り笑いにしかならない。

アダムはひと言もしゃべらない。

「わかった、わかった」ケンジが真面目な口調になる。「外に出たら、訓練どおりだ。全員手をつなぐ。おれがおまえたちの姿もまとめて消す。おれを真ん中にして手をつなぐんだ。いいな？」

わたしはうなずき、アダムのほうを見ないようにする。

この作戦は、アダムにとって自分の能力を試す初めての機会になるだろう。ケンジと手をつないでいるあいだは、自分の力をオフにしなければならない。もしそれができなければ、姿を消すというケンジの力が働かなくなり、アダムの姿が見えてしまう。とたんに窮地におちいる。

「ケント、危険は承知してるよな？　おまえが自分の力をオフにできなかったら、どうなるか？」

アダムはうなずく。その顔は自信たっぷりだ。彼はいう。毎日キャッスルといっしょに、自分の力をコントロールする訓練を積んできた。うまくいく。

そういって、わたしを見る。

わたしの感情が飛行機から飛び下りる。

わたしは地上近くに来ていることにほとんど気づいていなかった。けれどそのとき、ケンジが梯子《はしご》を指さした。おれの後からのぼってこいという。わたしは梯子《はしご》をのぼりながら、今朝早くみんなで練った作戦を何度もおさらいした。

指定の場所まで行くのは、作戦のなかでもかんたんな部分だ。

家に入るときは、細心の注意が必要だ。

わたしたちは要求に応じるふりをすることになっている——人質は総督といっしょにいるはずで、わたしは彼らが解放されるのを確認する。つまり、交換するのだ。

わたしと人質を。

ただ、実際なにが起こるかは、まったくわからない。たとえば、だれが玄関に出てくるのか。そもそも、だれかが出てくるのかどうかすら、不明だ。家のなかで会うのか、単に家の外で会うことになるのかもわからない。わたしだけでなくアダムとケンジがいることや、わたしたちが体にくくりつけている間に合わせの武具を見て、向こうがどういう反応をするかもわからない。

即座に銃撃してくるかもしれない。

そこが怖い。わたしは自分のことより、アダムとケンジのことが心配だった。ふたりは向こうにとって想定外の要素だ。思いがけないふたりの存在は、いまわたしたちが手にできる唯一の強みとして活用できるのか、それとも見つかったとたん殺されるのか。そしてわたしはいま、これはとんでもなく悪い作戦だったんじゃないのかと思い始めている。

わたしが間違っていたのかもしれない。わたしの手には負えないかもしれない。

けれど、もう引き返すには遅すぎる。

「ここで待ってろ」

ケンジはわたしたちに隠れているようにいうと、出口から首を出した。自分の姿を背景に溶けこませ、すでに見えなくなっている。わたしたちが外に出てもだいじょうぶかどうか、調べるつもりだ。

アダムとわたしは待っているあいだ、沈黙のかたまりになる。

わたしは緊張でしゃべれない。

緊張で、頭が働かない。

わたしはできる、わたしたちはできる、わたしたちはやるしかない――そればかり、ひたすら自分にいい聞かせる。

「行くぞ」頭上からケンジの声がした。アダムとわたしはケンジを追って、梯子の最後の数段をのぼる。わたしたちが使っているのは、いくつかあるオメガポイントからの出口のひとつで、キャッスルによると、知っているのは7人だけだという。わたしたちは必要なかぎりの警戒策をとっているのだ。

アダムといっしょになんとか地上にはい上がると、とたんに寒さを感じた。ケンジの手がさっと腰に巻きついてくる。寒い、寒い、寒い。寒さが1000の小さなナイフのように空気を切り裂き、肌に切りつけてくる。足元を見ると、ブーツがあるはずのところにはなにもなく、かすかに空気が揺らいでいるだけだった。自分の顔の前で指をふってみる。

なにも見えない。

あたりを見回す。

アダムもケンジも見えない。ただ、ケンジの見えない手が、わたしのウエストの後ろに触れているのがわかるだけ。

成功。アダムはちゃんと自分の力をオフにすることができたんだ。わたしはほっとして、うたいたくなる。

「ふたりとも、聞こえる?」わたしは小さい声で聞いてみる。にこにこしている顔をだれにも見られなくてよかった。

「おう」

「ああ、おれはここだ」とアダム。

「やるじゃねえか、ケント。けっこう大変なんだろ」

「だいじょうぶさ。おれなら平気だ。行こう」

「了解」

人間の鎖みたい。

わたしたちはケンジを真ん中にして三人で手をつなぎ、ケンジの先導でこの人気《ひとけ》のない地区を進んでいく。どこにいるのか、わたしにはさっぱりわからない。そういえば、わかることなんてほとんどない。この世界はわたしにとって、見慣れないものばかりで、まだまだ新しい。地球が崩壊していくあいだ、長いことひとりぼっちで監禁されているときに得たものは、なにもない。

進めば進むほど、大通りが近くなり、二キロも離れていない居住区が近くなってくる。わたしたちの立っている場所から、鋼鉄でできた四角い住居が見える。

急にケンジが立ち止まった。

なにもいわない。

「なぜ動かないの？」わたしはたずねる。

ケンジはしーっといった。「あれが聞こえねえのか？」

「なにが？」

アダムがはっと息をのむ。「くそっ。だれか来る」

「戦車だ」ケンジがいう。

「それも一台じゃない」とアダム。

「じゃあ、どうしてじっとここに立ってるの――」

「待て、ジュリエット、しばらく動くな――」

そのとき、わたしにも見えた。戦車がならんで大通りを進んでくる。全部で6台。

ケンジが小声でひとしきり悪態をついた。

「あれはなに？」わたしはたずねた。「なにがまずいの？」

「ウォーナーが一度に二台以上の戦車を出し、同じ道を進むように命じた場合、理由はひとつしかない」アダムがわたしに説明する。

「どんな――」

「戦闘準備だ」

わたしは思わず息をのむ。

「あの野郎、知ってやがったんだ。ちくちょう！　そりゃあ、そうだ。キャッスルのいうとおりだったんだ。あいつは、おれたちが援軍を連れてくることは予想してたんだ。くそっ」

「ケンジ、時間は？」

「約四十五分」

「じゃあ、行きましょ」わたしはせっついた。「これからどうなるか心配してる暇はないわ。キャッスルなら、ちゃんと準備してるってば。こういうことが起きるかもしれないって予測してたじゃない。わたしたちはだいじょうぶ。でも、指定の時刻にあの家にたどりつけなかったら、ウィンストンとブレンダンとほかのふたりは、今日死んじゃうかもしれないのよ」

「おれたちこそ、今日死んじまうかもしれねえぞ」とケンジ。

「ええ。そうなるかもね」

わたしたちは足早に通りを進んだ。素早く進む。空き地をつっきり、文明世界の名残へ向かっていく。そのとき、見えた。胸が痛くなるほどなつかしい世界の残骸。小さな四角い家に小さな四角い庭が、雑草にうもれて風雨に朽ちていこうとしている。足元で枯れ草がくずれ、冷たいいやな音を立てる。わたしたちは家をかぞえていく。

シカモア通り1542

この家だ。間違いない。

完全に住めそうな家は、この通りでそこだけだった。塗装はきれいで新しく、緑がかった明るい青が美しい。小さな踏み段が玄関ポーチにつながっていて、ポーチには白い籐《とう》の揺り椅子が2脚と、見たこともない鮮やかな青い花がいっぱいの大きなプランターがある。ゴム製の玄関マットが敷かれ、木の梁《はり》からウィンドベルが下がり、片隅には植木鉢と小さなスコップが片づけられている。どれも、これも、なにもかも、わたしたちにはもう二度と手に入らないものだ。

ここには、だれかが住んでいる。

こんなものが存在するなんて、ありえない。

わたしはケンジとアダムを引っぱってその家へ近づいていく。激しい感情に圧倒される。もう、こういう昔の美しい世界で暮らすのは許されていないことを、忘れてしまいそうになる。

だれかに後ろに引っぱられた。

「この家じゃねえ」ケンジだ。「間違った通りに来ちまった。くそっ。この通りじゃねえ――おれたちが目指してる通りは二本先――」

「でも、この家――見て――ケンジ、だれか住んでる――」

「だれも住んじゃいねえよ。たぶん、何者かがおれたちを混乱させようとして、こんなふうにしたんだ。それどころか、賭けてもいい、その家には高性能のプラスチック爆弾がしこまれてるはずだ。規制外区域に入ってきたやつを捕まえるために設計された罠だ。ほら、行くぞ」ケンジはまたわたしの手を引っぱる。「急げ。あと七分しかねえ！」

わたしたちは走った。そのあいだも、わたしは何度もふり返っては、人が暮らしている気配がないか、だれかが郵便物を確かめに出てこないか、鳥が飛んでいないかと目をこらした。

たぶん、気のせいだと思う。

もしかしたら、わたしの頭がおかしいのかもしれない。

でも、断言してもいい。二階の窓でカーテンが揺れるのが見えた。

あと90秒。

本物のシカモア通り1542番地は、わたしが最初に想像していたのと同じくらい荒廃したところだった。ぼろぼろの状態で、屋根が放置された年月の重みにうめいている。アダムとケンジとわたしは、角を曲がってすぐのところに立っている。ここなら、向こうからは見えない。といっても、実際には三人とも、まだ姿を消したままだ。人っこひとりいない。家全体がまったく使われていないように見える。これはひょっとして、手の込んだジョーク？　そんな気がしてくる。

あと75秒。

「ふたりとも、姿を消したままでいて」わたしはケンジとアダムにいった。急に、ひらめいたのだ。「総督に、わたしひとりだと思わせたいの。もしなにかあったら、すぐ飛びこんできて。いい？　あなたたちもいっしょだとわかったとたん、まずい状況になる危険性が大きいと思うの」

ふたりとも、少しのあいだだまっていた。

「そいつは名案だ。ちくしょうっ、なんでいままで思いつかなかったんだ」

ケンジの言葉に、わたしはほんの少しほほえんでしまう。「じゃあ、そろそろ行くわね」

「ああ――幸運を祈る」ケンジの声は意外なほどやさしかった。「おれたちはすぐ後ろにいるからな」

「ジュリエット――」

アダムの声のひびきに、わたしはためらう。

彼はなにかいいかけ、思い直したようだった。咳ばらいをして、小声でいう。「気をつけると約束してくれ」

「約束する」わたしは風に向かって答え、自分の気持ちをぐっと抑えた。いまはだめ。いまはこんなことにかまっている場合じゃない。集中しなきゃ。

だから、深呼吸する。

足を踏み出す。

さあ、行こう。

あと10秒。わたしはちゃんと呼吸しようとする。

9

勇気をかき集める

8

でも、本当は怖くてたまらない

7

あのドアの向こうになにが待っているのかわからない

6

心臓発作に襲われそう

5

けれど、もうひき返せない

4

だって、もう、ほらそこに

3

目の前にドアがある

2

あとはノックをすればいいだけ

1

その瞬間、先にドアが勢いよく開いた。

「おお、これは感心だな。約束の時間きっかりだ」

〈下巻に続く〉

UNRAVEL《アンラヴェル》 ME《ミー》　少女の心をほどく者〈上〉

潮文庫　タ－3

2020年　3月16日　初版発行

著　　者　タヘラ・マフィ
訳　　者　金原瑞人、大谷真弓
発 行 者　南　晋三
発 行 所　株式会社潮出版社
〒102-8110
東京都千代田区一番町6　一番町SQUARE
電　　話　03-3230-0781（編集）
03-3230-0741（営業）
振替口座　00150-5-61090
印刷・製本　中央精版印刷株式会社
デザイン　多田和博

©Mizuhito Kanehara, Mayumi Otani 2020,Printed in Japan
ISBN978-4-267-02203-6 C0197

乱丁・落丁本は小社負担にてお取り換えいたします。

本書の全部または一部のコピー、電子データ化等の無断複製は著作権法上の例外を除き、禁じられています。

代行業者等の第三者に依頼して本書の電子的複製を行うことは、個人・家庭内等の使用目的であっても著作権法違反です。

定価はカバーに表示してあります。